Das Buch

Die Kempener Burg ist an einen amerikanischen Investor verkauft worden. Dieser hat aus der mittelalterlichen Burg, sehr zum Missfallen vieler Kempener, einen Escape-Room der Extraklasse gemacht. Bei der Eröffnung der Exit-Burg rätseln sich acht VIP-Gäste durch die verschiedenen Räume der Burg, um zu entfliehen. Doch nur sieben kommen lebend wieder heraus. Cleo Chouette ist eine der sieben Überlebenden. Und eins ist klar: Das war Mord!

Cleo Choette ermittelt in ihrem ersten Fall.

Die Ermittlerin

Cleo Chouette ist neugierig, abenteuerlustig, wild und hat ein freches Mundwerk. Sie ist Inhaberin eines Tattoo-Studios gegenüber der Kempener Burg, wo sie zusammen mit Tattoo- Theo arbeitet. Mit Hilfe ihres besten Freundes Crunchy, dem Computer-Nerd, und ihrem schluffigen WG-Mitbewohner Mario löst sie die Mordfälle, über die sie in Kempen so stolpert. Auch Oma Ilse mischt immer mit, da sie im Altenheim viel mehr mitbekommt als man einer alten, etwas tüddeligen Dame so zutrauen würde. Nur Kommissarin Sandra Gruber ist nicht erfreut, wenn ihr Cleo mal wieder in die Ermittlungen pfuscht. Und Cleo hat noch einen Trumpf im Ärmel. Ihre beste Freundin Mira ist bei der Spurensicherung der Polizei und versorgt sie mit Insiderwissen.

Sylvia Geub

Völlig kopflos

Ein Kempen-Krimi

Bibliografische Information der Deutschen Nationalbibliothek: Die Deutsche Nationalbibliothek verzeichnet diese Publikation in der Deutschen Nationalbibliografie; detaillierte bibliografische Daten sind im Internet über http://dnb.d-nb.de abrufbar.

© Sylvia Geub 2019

Herstellung und Verlag

BoD-Books on Demand, Norderstedt

ISBN 9783750401419

Für

Georg

Liebe(r) Leser(in),

ich weiß, dass viele Leser(innen)diese Seite überspringen.
Trotzdem für alle Leser(innen), die es interessiert:

Diese Geschichte ist wirklich frei erfunden. Ähnlichkeiten mit
lebenden Personen sind rein zufällig. Und auch, wenn Themen
- wie die Nutzung der Burg - aufgegriffen werden, sind doch alle,
in dieser Geschichte vorkommenden Intrigen / Verhaltensweisen
/ Vorgänge / Personen allein meiner Fantasie entsprungen. Das
schöne Städtchen Kempen am Niederrhein gibt es tatsächlich und
auch die beschriebenen Schauplätze (außer dem Tattoo-Studio)
und vor allem die Sehenswürdigkeiten existieren wirklich und
sind immer eine Reise oder einen Besuch wert.

Für alle Nicht-Niederrheiner gibt es am Ende des Buches ein
kleines Niederrhein-Wörterbuch. Dort werden einzelne Wörter
und ihre Aussprüche erklärt, die vielleicht nicht jeder kennt.

Kapitel 1

Cleo wachte völlig gerädert auf. Draußen war es noch stockfinster. Als sie auf ihren Wecker schaute, sah sie, dass es drei Uhr nachts war. Was hatte sie nur geweckt? Müde schwang sie ihre Beine aus dem Bett. Brr, war das kalt! Sie unterdrückte einen lauten Fluch, denn sie wollte ihren Mitbewohner Mario nicht wecken. Leise tapste sie zum Fenster und wäre fast über Bob gestolpert, der sie missbilligend ansah. Der Bobtail ihres Mitbewohners hatte es sich mal wieder vor ihrem Bett gemütlich gemacht und lag dort ausgebreitet, wie ein Flokati-Teppich auf dem Rücken. Die äußerst kreative Idee seinen Bobtail Bob zu nennen, kam von Mario. Cleo zog den Vorhang zur Seite und schaute nach draußen. Bob setzte sich tapsend in Bewegung und blickte sie erwartungsvoll an. »Nein, ich spiele jetzt nicht mit dir. Und etwas zu Fressen gibt es auch nicht«, zischte sie dem haarigen Ungetüm leise zu.

Der Vollmond stand genau über der Kempener Burg und tauchte sie in ein gespenstisches Licht. Von ihrem Fenster konnte sie genau zwischen zwei Bäumen durch auf das große Haupttor gucken. Der Blick auf die Türme blieb vom Laub der Bäume verborgen. Alles lag ruhig da. Cleo streichelte Bob hinter den Ohren und wollte gerade die Vorhänge wieder zuziehen, da öffnete sich das Tor der Burg und eine schwarze Gestalt huschte heraus. Sie schloss das Tor wieder und verschwand so schnell in der Dunkelheit, dass Cleo vermutete, sie hätte das Ganze vielleicht nur geträumt. Sie rieb sich die Augen und sah konzentriert zur Burg hinüber, doch nach zwei Minuten wurden ihre Füße kalt und sie flitzte zurück ins Bett. Merkwürdige Sache, vielleicht hatte das mit der Eröffnung morgen zu tun. Cleo war so müde, dass sie ihre Überlegungen auf den nächsten Morgen verschob. Schnell schlief sie wieder ein. Am nächsten Morgen wurde Cleo von einer nassen Hundezunge geweckt, die ihr übers Gesicht leckte. »Lass das, du Ungeheuer«, rief sie lachend. »Ich stehe ja schon auf.« Bob stand schon schwanzwedelnd vor ihrem Kleiderschrank und schaute sie bettelnd an. »Jaja, wer kann diesen Augen schon widerstehen«, grinste Cleo. Sie machte die linke Schranktür auf und zog den großen Sack mit Hundefutter heraus. Bob sabberte sofort eine Pfütze vor ihre Füße. Schnell stellte Cleo ihm die gefüllte Schüssel vor die Nase. »Verpetz mich aber nicht! «, flüsterte sie Bob mit verschwörerischer Stimme zu.

Der Hund ihres Mitbewohners Mario, wurde von ihm vegetarisch ernährt. Ja, das gab es wirklich: Vegetarisches Hundefutter. Cleo konnte es anfangs gar nicht glauben, als Mario ihr davon erzählte. Er selbst ernährte sich aus voller Überzeugung vegan und stellte den Ernährungsplan des Hundes kurzerhand auch um. Bob stand dem neuen Futter mehr als skeptisch gegenüber. Zwei Tage verweigerte er das Fressen komplett, am dritten Tag fraß er knapp die Hälfte. Dabei blieb er. Cleo hatte solches Mitleid mit ihm, dass sie „echtes“ Hundefutter kaufte und in ihrem Schrank versteckte. Normalerweise kam Bob nach seiner Mini-Portion Veggie-Futter sofort in Cleos Zimmer und staubte dort seine richtige Portion ab. Cleo wusste nicht, ob Mario etwas ahnte. Aber er konnte nicht wirklich davon ausgehen, dass so ein großer Hund mit so einer Mini-Portion Futter am Tag auskam, ohne total abzumagern. Vielleicht wollte er nur sein Gesicht nicht verlieren und duldete das Ganze unkommentiert.

Cleo verstand sich wirklich gut mit Mario, der eigentlich genauso aussah wie sein Hund. Dreadlocks und derselbe schluffige Gang.

Bei beiden hingen die Haare über den braunen Augen, die meistens gelassen bis schläfrig guckten. Nur was die Essgewohnheiten anging, war Bob eindeutig auf Cleos Seite. Sie bevorzugte auch öfter mal ein saftiges Steak, ein Brathähnchen oder eine Currywurst, anstelle der gesunden Gemüsepfannen, die Mario ihr schmackhaft zu machen versuchte. Als sie in die WG zusammenzogen, gab es ständig Streit über den Inhalt des Kühlschranks. Obwohl jeder sein eigenes Fach hatte, maulte Mario sofort, wenn er Fleisch oder auch nur Milchprodukte im Kühlschrank erblickte. Nach drei Monaten ging Cleo los und kaufte sich einen eigenen Kühlschrank. Das half das Gemecker zu minimieren. Ihre Essenszeiten waren so unterschiedlich, dass sie sich nicht ins Gehege kamen. Wenn Mario weit nach 12 Uhr mittags aufstand, war Cleo meist schon unten im Studio. So war es auch heute. Cleo hörte Mario durch zwei geschlossene Zimmertüren schnarchen. Die Wohnung hatte Cleo von ihrer Oma Ilse übernommen, als diese vor knapp 10 Jahren ins Altenheim neben dem Kempener Krankenhaus umzog. Oma Ilse war eigentlich noch fit gewesen, vor allem im Kopf, doch nach einer Knie-OP machten ihr die Treppen in die zweite Etage zu schaffen. Als sie mitbekam, dass Cleo eine eigene Wohnung suchte - zu der Zeit lebte sie mit ihrem Vater und seiner Freundin unter einem Dach – machte Oma Ilse Nägel mit Köpfen und »besorgte « sich ein Zimmer im Altenheim. Eine Win-win Situation, wie sie sagte. Das W natürlich deutsch ausgesprochen. Die Wohnung hatte 80 Quadratmeter und großzügig geschnittene Räume, sodass Cleo schnell klar war, dass sie einen Mitbewohner brauchte, um sich nicht so verloren zu fühlen. Mario zog nur ein knappes halbes Jahr später ein als sie selbst. Jeder hatte sein Zimmer und seine Privatsphäre, und das Bad, die offene Küche und das Wohnzimmer nutzten beide gemeinsam.

Wenn sie neben Mario stand fühlte sie sich noch kleiner, als sie sowieso neben anderen Leuten wirkte. Cleo war nur 1,55 m groß und Mario erreichte stattliche 1,95 m Er zog zwar beim Laufen die Schultern nach unten, das konnte aber nicht über seine wahre Größe hinwegtäuschen. Er war in Kempen bekannt wie ein bunter Hund; mit Hund! Für Cleo war er wie ein großer Bruder, der sie beschützte und dem sie bedingungslos vertraute.

Cleo suchte sich eine rissige Jeans und ein schwarzes Top aus ihrem Kleiderschrank. In Unterwäsche stand sie vor dem großen Standspiegel und zog Grimassen. Je nach Outfit bzw. Anlass sah man ihre vielen Tattoos - oder auch nicht. Alle Tattoos hatten eine Bedeutung für sie. Die meisten hatten etwas mit den Fantasiewelten zu tun, in die sie sich früher geflüchtet hatte, um ihr Leben erträglich zu machen. Ihr allererstes Tattoo war das Auryn aus Die unendliche Geschichte, das sie sich oberhalb ihres linken Knöchels hatte stechen lassen. Da war sie gerade achtzehn geworden. Zu dieser Zeit hatte sie Die unendliche Geschichte schon mindestens zwanzig Mal gelesen. Auf dem linken Oberschenkel sah man die Burg in der Gewitternacht, als Ronja Räubertochter geboren wurde. Den rechten Oberschenkel zierte die Brücke nach Terabithia und auf dem rechten Unterarm hatte sie ein Tattoo von dem Schrank, durch den man nach Narnia kam. Das waren ihre ersten Tattoos. Später kamen dann Motive aus neueren Geschichten dazu; Avatar und die Tribute von Panem. Auf den Oberarmen gab es das Gesicht des blauen weiblichen Avatars und auf der anderen Seite hatte sie ein Abbild von Amilia Earhart, die sie sehr bewunderte. Oberhalb des Knöchels war ein Spott-Tölpel zu sehen. Ihr größtes Tattoo befand sich allerdings auf dem Rücken; zwei große Flügel, um der Realität entfliehen zu können.

Cleo hatte immer darauf geachtet, dass sie alle Stellen freiließ, die gegebenenfalls aus der Kleidung schauten, so wie Hände und Handgelenke, Füße, Hals und der Ausschnitt. Ihre Tattoos waren etwas sehr Privates und sie wollte selber entscheiden, wie viel sie davon anderen Personen zeigte. So konnte sie mit langärmeligen Blusen, schicken langen Hosen und einer Perücke - sie hatte vier Echthaar-Perücken - wie eine elegante, seriöse Anwältin oder Bankerin auftreten. Das hatte ihr schon oft im Leben geholfen, z.B. bei der Suche nach einem Ausbildungsplatz zur Buchhändlerin. In ihrem Tattoo-Studio, welches sich zwei Stockwerke unter ihrer Wohnung im selben Haus befand, zog sie löcherige Jeans und bequeme Tops vor. Die Leute, die zu ihr ins Studio kamen, hatten keine Vorurteile gegenüber Personen mit Tattoos. Während Cleo fünf Jahre als Buchhändlerin bei Wissink in Kempen gearbeitet hatte, jobbte sie bei ihrem Tätowierer in Krefeld, der ihr alles beibrachte über die Arbeit, die Farben, den Umgang mit Kunden und nicht zuletzt den wirtschaftlichen Aspekt, wenn man ein eigenes Studio eröffnete. An ihrem 25. Geburtstag beschloss Cleo ihr eigenes Tattoo-Studio in Kempen aufzumachen. Das Ladenlokal unter ihrer Wohnung wurde gerade frei. Der Elektronik-Laden, der seit einigen Jahren dort war, zog in ein größeres Ladenlokal um. Ihr alter Chef vermittelte ihr einen Mitarbeiter, der dann schnell zum Partner in ihrem Studio wurde. Tattoo-Theo, genannt TT, hatte viel Erfahrung und konnte auch finanziell bei Cleo einsteigen. Er suchte gerade einen neuen Arbeitsplatz und war nach Kempen umgezogen. Cleo hatte ihren Resturlaub genommen, sodass beide Zeit hatten und zusammen den Laden renovieren konnten. Ein knappes halbes Jahr später eröffneten sie im Juli 2013 das Tattoo-Studio: Cleo & Theo Tattoo-Art.

Nachdem Cleo sich angezogen und etwas gefrühstückt hatte, machte sie sich mit Bob auf den Weg. Die Hunde-Runde um die Burg war ihr morgentliches Ritual. Als sie aus der Haustür trat, hörte sie schon die lauten Protestrufe:»Exitus der Exit-Burg! « Eine Gruppe von 7-8 Personen hatte auf der Wiese vor der Burg einen Stehtisch und einen Pavillon aufgebaut. Der Spruch, den die Leute immer wieder riefen, stand groß auf einem Plakat, das an dem Pavillon befestigt war.

Cleo hielt Abstand und wollte links um die Burg laufen, doch ein besonders eifriger Protestler schnitt ihr den Weg ab und hielt ihr einen Flyer unter die Nase.»Hier, nehmen Sie. Es ist doch eine Sauerei, dass die Mehrheit der Bürger in Kempen ignoriert wird! Wir wollen die Burg nicht als neumodisches Spiel- und Escape-Haus. Sie doch auch nicht, oder? « Cleo wich dem Blick des Mannes aus, steckte den Flyer in die Jackentasche und erwiderte: » Das guck ich mir später an. Der Hund braucht jetzt seinen Spaziergang. « Wie zur Bestätigung ihrer Worte zog Bob sie an der Leine fort. Als sie ein paar Meter entfernt war, drehte sie sich um und sah, dass der Mann schon sein nächstes Opfer gefunden hatte; ein junges Pärchen, welches ebenfalls mit seinem Hund spazieren ging. Er redete wild gestikulierend auf die beiden ein. Der Mann mit dem Flyer in der Hand war wirklich attraktiv: blonde kurze Haare, durchtrainierter Körper und strahlend blaue Augen. Eigentlich genau Cleos Typ, aber dieses fast schon aggressive, übergriffige Verhalten schreckte sie ab. Sie ging weiter um die Burg herum. Auf der anderen Seite war der Eingang der neuen Exit-Burg, zu der sie eine VIP-Einladung für die Eröffnung besaß. Cleo liebte Rätsel-Spiele. Sie war schon in vielen Escape-Rooms in der Umgebung gewesen. Als dann der Artikel in der Zeitung erschien, dass die Kempener Burg ein Escape-Room der besonderen Art würde, hatte sie sich, im

Gegensatz zu vielen anderen Bürgern, gefreut. Die Stadt Kempen hatte die Burg -als es um die zukünftige Nutzung ging - nicht übernommen und zu einer mittelalterlichen Burg restauriert, wie es der Wunsch vieler Bürger und vor allem der Bürgerinitiative -Rettet die Burg - gewesen war. Die Bürgerinitiative protestierte gegen den Verkauf an einen amerikanischen Investor, konnte aber nicht verhindern, dass die Burg verkauft wurde. Die Kempener liebten ihre Burg. Es war das Wahrzeichen der Stadt. Sie war schon im 14. Jahrhundert gebaut worden. Die Burg hatte schon so einiges beherbergt; unter anderem ein Gericht und ein Gefängnis mit Verliesen. 1925 diente sie als Schulgebäude, die Kreisverwaltung wurde 1984 aus der Burg nach Viersen verlegt und zuletzt war in der Burg das Stadtarchiv zu finden und einige Räume wurden von der VHS mitgenutzt. Und nun war die Burg ein Escape-Room der Extraklasse, wollte man den Ankündigungen der Zeitung glauben. Nach einem Jahr Bauzeit stand nun die Eröffnung der Exit-Burg bevor. Cleo hatte an der Verlosung für eine Karte für die Eröffnung teilgenommen und tatsächlich gewonnen. Es wurden nur zwei Karten verlost, die anderen sechs waren wohl schon reserviert, was Cleos Gewinn umso wertvoller für sie machte. Die Teilnahme war immer auf acht Mitspieler beschränkt. In der Zeitung hatte sie gelesen, dass der Bürgermeister der Stadt Kempen, Werner Kohlrab, bei der Eröffnung der Burg dabei wäre. Cleo interessierte sich nicht für Politik und würde den Bürgermeister wahrscheinlich gar nicht erkennen. Heute Mittag sollten sich dann alle Teilnehmer vor der Burg treffen.

Sie ging mit Bob die wenigen Treppenstufen hoch, die von dem Schotterweg durch die Burgwiese wieder auf den Bürgersteig führten. Dahinter gab es auf einem kleinen Platz drei große, runde Steine, aus denen Wasser sprudelte. Bob rannte auf den rechten

Brunnen zu, sodass Cleo einfach hinterherstolperte. Er sprang mit einem großen Satz hinauf und begann fröhlich, schwanzwedelnd das Wasser aufzulecken. » Komm jetzt. Wir gehen weiter. « Cleo zog an der Leine, aber Bob blieb einfach stehen und schaute sie freundlich an. »Guck hier, ich habe Leckerchen dabei! «, säuselte sie mit Sing-Sang-Stimme. Und tatsächlich setzte Bob sich in Bewegung und sprang vom Brunnen herunter. Mit Futter ging alles! Als Cleo am Parkplatz der Burg vorbei ging, bog sie nicht, wie sie es sonst machte, dahinter rechts auf die Wiese ab, sondern blieb links auf dem Weg, der am Franziskaner-Kloster vorbei in die Tiefstraße führte. Sie wollte den protestierenden Leuten dort nicht noch einmal begegnen. Auf der einen Seite konnte sie verstehen, dass die Leute eine mittelalterliche Burg in ihrer Stadt haben wollten, auch als Anziehungsmagnet für Touristen, andererseits waren die langweiligen Schulungsräume der VHS und das Stadt-Archiv auch keine Touristenattraktion gewesen. Ab und zu konnte man, bei Veranstaltungen und Festen auf dem Parkplatz der Burg, einen der Türme in Kleingruppen besteigen. Das hatte aber auch nicht viel von Mittelalter. Äußerlich hatte sich, bis auf ein Schild, auf dem EXIT stand, nichts verändert. Die Kempener Burg stand unter Denkmalschutz und die Fassade musste unverändert bleiben. Die Verwandlung zur Exit-Burg hatte nur innerlich stattgefunden. Dem Lärm und Schutt nach zu urteilen, hatte der Investor die Burg komplett entkernt und neu wiederaufgebaut.

Cleo schloss ihr Tattoo-Studio auf und ließ Bob von der Leine. Er lief sofort zu seiner Decke, die hinten in der Ecke lag, und ließ sich grunzend darauf nieder. Es gab keinen Hund, der mehr schlief als Bob. Cleo kannte zumindest keinen. Sie atmete tief ein. Cleo liebte den Geruch der Farben und der Desinfektionsmittel. Es roch sauber. Viele ihrer Kunden schreckte der Geruch im ersten

Moment ab, weil er sie an den Geruch im Krankenhaus erinnerte, aber ihre Hygiene-Standards und die Professionalität ihrer Arbeit hatten ihr einen guten Ruf verschafft. Sie hatte viele Stammkunden, die aus der ganzen Region am Niederrhein kamen. Und Erstkunden wurden schnell zu Wiederholungstätern, was wohl auch an ihrer guten Beratung lag, die darauf abzielte, für jeden das passende Tattoo zu finden und nicht den größten Gewinn zu machen. Morgens war meist noch nicht so viel los, daher machte sie sich erst mal einen Kaffee. Eine Viertelstunde später kam Theo hereinspaziert, mit einem fröhlichen Lächeln auf den Lippen. Cleos Partner sah aus wie ein Ex-Sträfling: bullige Statur, gruselige Tattoos von Kopf bis Fuß, eine Glatze, die auch zum Teil tätowiert war. Er hatte riesige Pranken und konnte wirklich böse gucken, aber Cleo hatte nie einen sanftmütigeren, toleranteren Menschen als ihn erlebt. Das äußere Erscheinungsbild half manchmal gegen aggressive Kundschaft. Aber jede Spinne wurde von ihm mit einem Glas nach draußen gebracht. Er konnte keiner Fliege etwas zu Leide tun.»Hallo, Cleo! Ich hab Croissants mitgebracht, magst du? «»Ja, gerne. Du musst heute Mittag übrigens ohne mich auskommen, ich bin ja bei der Eröffnung der Exit-Burg. «»Geht klar, ich hab später einen Kunden, dem muss ich das Motorrad noch fertig stechen. Habs in einer Sitzung nicht geschafft, der ist mir hier flau gefallen. Den musste ich erst mal aufpäppeln. Hab ihm ein Bütterken geschmiert. « Theo kicherte, was so witzig bei ihm aussah, dass Cleo mitlachen musste.»Sei nicht so gemein. Kannst dir Zeit lassen, ansonsten stehen keine Termine an. Ach, und Bob lass ich dir auch hier. Mario wollte mal wieder zu `ner Vorlesung.«»Wird der auch irgendwann nochmal fertig? «, fragte Theo kopfschüttelnd.»Wie lange ist der jetzt schon dran? Und was genau studiert der denn? «»Ich weiß nicht genau, in welchem Semester Mario ist. Er studiert irgendwas mit

Ökologie oder Ökonomie: mit Umwelt und Umweltschutz eben. «
»Ja, dann hat er bestimmt bald den Master of Desaster.
Hauptsache, er kann seinen Lebensunterhalt finanzieren. « Theo
ging grinsend zur Kaffeemaschine und machte sich einen
Espresso. Kaffee musste für ihn heiß, stark und schwarz sein. Er
gehörte eindeutig nicht zu dieser Latte-Macchiato-Fraktion, zu der
sich Cleo zählte. Als sie ihr Croissant aufgegessen hatte, rief sie
Theo ein knappes Tschüss zu und ging nach oben in ihre
Wohnung, um sich umzuziehen. Sie zog sich eine Jeans ohne
Löcher und ein schwarzes Langarmshirt an. Alle Tattoos waren
bedeckt. Sie überlegte kurz und holte dann die schwarze Perücke
mit dem Bob-Haarschnitt vom Ständer. Als sie zwanzig Minuten
später in den Spiegel schaute, erkannte sie sich selbst kaum
wieder. Sie hatte die Lippen rot und die Augen dunkel geschminkt.
Die Frisur wirkte elegant, aber etwas streng. Sie sah aus wie eine
femme fatale. Sie liebte es in andere Versionen ihres eigenen Ichs
zu schlüpfen. Sie steckte nur den Haustürschlüssel und die VIP-
Karte ein. Handys waren in der Burg nicht erlaubt, damit niemand
die Rätsel mit Hilfe von Google oder Wikipedia lösen konnte.
Diesmal lief sie andersherum zum Eingang der Burg, der sich
hinten an der Treppe befand und nicht am Haupttor. Auf dem Platz
vor dem Eingang standen schon mehrere Personen und
unterhielten sich. Cleo zählte durch und kam auf sieben Personen
plus zwei Journalisten, die sie an den Diktiergeräten und Handys
erkannte. Sie ging die Stufen hinauf und wurde mit einem jovialen:
»Na, da kommt der letzte Nachzügler ja doch noch! «, von einem
Journalisten begrüßt. Cleo schaute überrascht, denn sie war nicht
zu spät. Die anderen Mitspieler drehten sich um und musterten sie.
Cleo war froh, dass sie sich für diese Verkleidung entschieden
hatte. Sie musterte ihrerseits nun die Teilnehmer. Außer Cleo
stand noch eine Frau in der Mitte, die anderen Teilnehmer waren

männlich. Es gab einen seriös aussehenden Mann mittleren Alters in einem Anzug, einen ziemlich jung wirkenden Mann mit langen braunen Haaren, die er zu einem Zopf gebunden hatte, einen kleinen Mann mit Allerweltsgesicht, der die ganze Zeit zu Boden blickte. Der eindeutig älteste unter ihnen hatte raspelkurze, blonde Haare und ein wettergegerbtes Gesicht. Er sah ein bisschen nach Mafia-Boss aus, fand Cleo. Sie tippte auf eine russische Abstammung. Der Mann in Designerjeans und rosa Hemd musste der Bürgermeister sein. Als sie den Blick zum letzten in der Runde schweifen ließ, erstarrte sie kurz und ging instinktiv einen Schritt zurück. Es war derselbe Mann, der ihr heute Morgen den Flyer in die Hand gedrückt hatte. Was machte der denn hier? Er hatte ja höchstwahrscheinlich nicht seit heute Morgen seine Meinung zur Exit-Burg geändert. Er schaute sie aufmerksam an, aber als Cleo ihn anlächelte, lächelte er zurück. Er hatte sie nicht erkannt. Die Turmuhr der nahegelegenen Propsteikirche schlug zwölf Mal und der schlanke Mann in dem sehr teuer aussehenden Anzug ergriff das Wort.

»Herzlich Willkommen, liebe Gäste! Ich möchte mich kurz vorstellen: Mein Name ist Eric Johnson und das, « er machte eine ausholende Handbewegung, »…ist alles meins! « Er schaute demonstrativ zu den Burgtürmen hoch und alle Anwesenden folgten seinem Blick. Nach einer Kunst-Pause rief er: »Aber natürlich ist es nicht nur meins, sondern es gehört auch allen Kempener Bürgern, allen Besuchern und Touristen, die wegen dieser Exit-Burg nach Kempen kommen werden. « Ein lautes Schnauben ließ Cleo aufschauen. Es kam von dem Mann aus der Bürgerinitiative. Auch Eric Johnson hatte das Schnauben mitbekommen und erklärte nun: »Ich weiß, dass nicht alle mit diesem Projekt einverstanden waren oder sind, aber auch die Zweifler werde ich überzeugen, dass so ein Touristenmagnet profitabel für Kempen und alle Kempener Bürger ist. « Er drehte sich zum Eingang und rief: »So lasset die Spiele beginnen! « Cleo zuckte zusammen, denn diese Eröffnung erinnerte sie doch stark an die Hunger-Spiele in Tribute von Panem. Johnson stieß die Tür auf und ließ alle Mitspieler eintreten. Die Journalisten mussten draußen bleiben. Eric Johnson erklärte ihnen, dass sie alle Mitspieler in anderthalb Stunden auf der anderen Seite beim Haupttor wieder in Empfang nehmen könnten, wenn sie es denn schaffen würden, alle Rätsel in der vorgegebenen Zeit zu lösen. Am Ende würde noch eine große Überraschung auf alle warten.

Als die Eingangstür hinter ihnen zufiel und von Eric Johnson abgeschlossen wurde, schauten sich alle erwartungsvoll an. »Da die Spiele und Rätsel viel Teamgeist erfordern, würde ich Sie bitten, sich ihren Mitspielern kurz vorzustellen. Meinen Namen kennen Sie ja schon. Ich werde die erste Runde mitspielen, mich aber bei den Lösungen zurückhalten. « Er schaute den Mann zu seiner Rechten auffordernd an, der sich daraufhin vorstellte. »Hallo, ich bin…Tischler, äh Marc Tischler. Ich bin eingeladen worden mitzuspielen. Ich habe die TÜV-Abnahme der Spielstationen gemacht und kenne die Aufgaben und teilweise auch die Lösungen, deshalb werde ich mich daran auch nicht beteiligen. « Marc Tischler war der recht unscheinbare Mann mit braunen Haaren und Augen, der die ganze Zeit zu Boden geblickt hatte. Er wirkte irgendwie nervös, was Cleo auf die Aufgaben zurückführte, die sie erwarteten. Vielleicht war er noch nie in einem Escape-Room gewesen und wusste nicht, was auf ihn zukam. Das konnte aber eigentlich nicht sein, denn er hatte die TÜV-Abnahme gemacht; Vielleicht war er gerade deswegen nervös, weil er die Aufgaben kannte. Cleo wurde ein bisschen mulmig zumute. Die Nächste, die an der Reihe war, war die Frau Mitte vierzig in einer schwarzen Jeans und einer roten Bluse. Sie war nicht viel größer als Cleo und stellte sich als Sandra Gruber vor. Sie hatte die andere Karte bei der Verlosung gewonnen. Cleo schloss sich schnell an. »Hallo, mein Name ist Cleo Chouette und ich bin die zweite Gewinnerin. « Dann kam der blonde Mann dran, der hier scheinbar gar nicht sein wollte. »Hallo, ich bin Nick Melzer. Und ich bin überhaupt nicht einverstanden mit dieser Art der Nutzung der Burg. Herr Johnson hat mich eingeladen, um mich zu überzeugen, aber das schafft er nicht. Ich gucke mir hier alles genau an und finde den Fehler. Dann mache ich Ihnen die Hölle heiß. Wir sind mit dem Thema noch nicht durch! « Alle schauten Nick Melzer erschrocken an. Er hatte sich in Rage geredet und war dabei immer lauter geworden. »Jetzt komm erst mal wieder runter, mein Junge. Man muss wissen, wann man verloren hat «, erklärte Johnson in einem-wie Cleo fand - ziemlich herablassenden Ton. »Ich bin nicht ihr Junge! «, widersprach Nick energisch und drehte sich demonstrativ weg. »So, dann bin ich wohl dran «, meldete sich der langhaarige Jungspund zu Wort. » Mein Name ist Korbinian Schreinemacher. Mein Vater hatte an der Ausschreibung der Burg teilgenommen. Er wollte ein Luxus-Foto-Studio hier aufmachen. Tja, er hat den Zuschlag nicht bekommen, wie Sie ja alle wissen. Herr Johnson hatte ihn eingeladen, aber er ist verhindert; also bin ich stattdessen hier. « Der große, junge Mann lächelte breit in die Runde und verbreitete sofort gute Laune und eine gelöste Stimmung. »Gutten Tag, mein Name ist Andrej Smirnov. Ich habe auch an der Ausschreibung teilgenommen. Wollte ein Hotel in die Burg bauen. Hat nicht geklappt. Schade eigentlich. Freue mich aber hier zu sein. Danke nochmal für die Einladung, Herr Johnson. « Cleo hatte recht gehabt. Der Mann war eindeutig Russe. »Kein Thema, mein Lieber. So jetzt stelle ich euch noch unseren Ehrengast vor. Da haben wir den Kempener Bürgermeister, Werner Kohlrab. Er hat das Projekt für Kempen unterstützt und schnell die Vorteile für Kempen und die Kempener Bürger erkannt. « »Vielen Dank für die nette Einladung, aber heute bin ich nicht der Bürgermeister, sondern nur ein Mitspieler «, erklärte er freundlich lächelnd. Auch hier hatte Cleo mit ihrer Vermutung, dass dieser Mann der Bürgermeister sein musste ,richtig gelegen. Er hatte die letzte Wahl zum Bürgermeister überraschend gewonnen. Das konnte auch daran gelegen haben, dass sein Widersacher, Jörg Damp, letztes Jahr kurz vor der Wahl auf einem französischen Campingplatz ermordet worden war. Es gab zu dem Vorfall nur einen kleinen Bericht in der Zeitung. Aus Mangel an Kandidaten hatte Werner Kohlrab dann mit einer großen Mehrheit an Stimmen gewonnen. Herr Johnson ergriff noch einmal das Wort. »Die Spiele und Rätsel in dieser Burg sind nicht ganz ungefährlich. Ich bitte Sie daher, sich an die Sicherheitshinweise auf den Schildern in den verschiedenen Räumen zu halten. Es gibt sportliche Anforderungen, bei denen jeder ehrlich zu sich und seinen Mitspielern sein sollte. Sprechen Sie sich ab, wer welche Aufgabe übernimmt. Der komplette Durchlauf muss in anderthalb Stunden geschafft werden, sonst können sie der Exit-Burg nicht mehr entfliehen. Johnson lachte künstlich auf. So, jetzt ist aber genug geredet. Los geht`s! «

Kapitel 2

Johnson drehte sich um und stieß die Tür zum ersten Raum auf. Es war einer der Türme. Alle Mitspieler schauten ehrfürchtig nach oben. Der Turm war komplett entkernt. Es gab keine Zwischendecken mehr, man konnte bis zur Decke schauen. Und das war echt hoch, bemerkte Cleo. An der Decke hingen Karabinerhaken und -wenn Cleo es richtig erkannte – Rollen von Flaschenzügen, durch die Seile hingen. Das Ende der Seile ragte bis zum Boden. An der runden Außenmauer waren überall bunte Haltegriffe angebracht. Es sah aus wie in einer Kletterhalle. Auf dem Boden lagen drei Klettergurte. Etwas abseits in dem runden Raum stand ein kleiner Tisch mit einem Laptop darauf. Das erinnerte eher an ein Büro und passte so gar nicht zu dem Rest der Ausstattung. Genau in der Mitte des Raumes befand sich ein rundes Loch im Boden mit einem Durchmesser von circa 50 Zentimetern. Korbinian war schwer begeistert und fragte direkt in die Runde: »Darf ich klettern, das mache ich oft in meiner Freizeit? « »Serr gerne. Ich kletter da nicht hoch «, erwiderte der Russe Andrej. »Ich sichere dich! «

»Vielleicht sollten wir erst Mal herausfinden, was unsere Aufgabe ist «, warf Cleo ein. Sie entdeckte das Schild mit der Aufgabenbeschreibung und den Sicherheitshinweisen als Erste. Cleo las laut vor: » Hier steht: Drei klettern, drei sichern, einer dirigiert die Hände über den Bildschirm und der Letzte fängt den Schlüssel über dem Loch. Aufgabe: Unsere zwei Mitarbeiter werden drei von Ihnen, die Klettergurte fachgerecht anlegen und den drei Anderen die Sicherung erklären. Jeder Kletterer muss bis zu einem der drei Löcher, die sich oben in dem Mauerwerk befinden, klettern. In den Löchern befindet sich jeweils ein roter Button-Knopf. Die drei Knöpfe müssen genau zur selben Zeit gedrückt werden. In den Löchern befinden sich außerdem Kameras, die das Bild unten auf den Laptop übertragen. Derjenige, der unten vor dem Bildschirm sitzt, gibt das Kommando zum

Drücken. Werden die Knöpfe zeitgleich gedrückt, öffnet sich das Schloss von dem Kästchen, das den Schlüssel für die nächste Exit-Tür beinhaltet. Er befindet sich genau über dem Loch im Boden, sodass er von dem achten Mitspieler aufgefangen werden muss. Sonst ist der Schlüssel weg und das Spiel verloren. Viel Spaß! Die Zeit läuft! «

Alle redeten aufgeregt durcheinander. Nick wollte auf gar keinen Fall klettern, er hätte Höhenangst. Der Bürgermeister bot sich an den Laptop zu überwachen und Marc würde auch lieber die Sicherung am Boden übernehmen. Erst als ein lautes »RUHE! «, gebrüllt von Andrej, durch den Raum hallte, konnten sie mit der Aufteilung beginnen. Da Andrej, Nick und Marc lieber am Boden blieben, übernahmen sie die Sicherung der Kletterer: Korbinian, Sandra und Cleo. Der Bürgermeister saß am Laptop und Johnson sollte den Schlüssel fangen. Während sie die Aufgaben verteilten, waren unbemerkt zwei Mitarbeiter hereingekommen. Diese halfen den drei Luftakrobaten in die Klettergurte und die unvermeidlichen Helme und erklärten dann den drei Sicherheitsbeauftragten, wie sie die Anderen sichern sollten. Obwohl das Ganze recht schnell gegangen war, hatten sie schon zehn Minuten verloren, als sie mit der eigentlichen Aufgabe begannen. Korbinian war als Erster oben an seinem Loch, was keinen weiter verwunderte. Cleo und Sandra taten sich etwas schwerer. Von unten wurden sie angespornt: »Los, ihr schafft das. Es ist gar nicht so hoch. « Sehr witzig, dachte Cleo. Ihr steht ja auch mit beiden Beinen auf der Erde. Cleo guckte nach unten, als sie ungefähr dreiviertel des Weges geschafft hatte. Das hätte sie besser nicht getan. Mann, war das hoch! Schnell schloss sie die Augen, atmete tief durch und konzentrierte sich auf ihre Aufgabe. Sandra und sie kamen fast gleichzeitig oben an. Sandra sah auch ziemlich geschafft aus. In dem Loch konnte Cleo den roten Knopf entdecken. Ein schwaches rotes Licht in der Ecke zeigte ihr, dass die Kamera lief. »Wir sind alle oben. Was jetzt? «, rief sie nach unten. Der Bürgermeister erwiderte:»Schiebt alle eine Hand in die Öffnung, genau über den Knopf. Aber erst auf mein Kommando drücken!« Er schaute konzentriert auf den Bildschirm. Cleo schob langsam die Hand nach vorne. Von unten hörten sie:»Okay. Jetzt sind alle auf Position. Bei drei wird der Knopf gedrückt. « Er machte eine kurze Pause und rief dann:»Eins, zwei, drei! « Cleo drückte den Knopf und drehte danach ihr Gesicht Richtung Schlüsselkästchen. Es schien geklappt zu haben. Das Kästchen klappte unten auf und der Schlüssel fiel in die Tiefe. Eric hatte das Kästchen nicht aus den Augen gelassen und als der Schlüssel fiel, fing er ihn gekonnt auf. Er hielt ihn in die Höhe und alle fingen an zu jubeln. Nachdem Korbinian, Sandra und Cleo sicher den Boden erreicht und die Klettergurte abgelegt hatten, gingen sie zur Exit-Tür und öffneten sie mit dem Schlüssel. Alle waren gut gelaunt und stolz, die erste Aufgabe so gut gemeistert zu haben.

Sie betraten Raum Nummer zwei.»Oh nein, das sieht aus, wie früher in der Schule im Chemieraum. Da bin ich raus! «, rief Korbinian. Cleo war in Chemie auch nicht besonders gut gewesen. Und Korbinian hatte recht. In der Mitte des eckigen Raums befand sich eine Art Aquarium, bis zur Hälfte gefüllt mit irgendeiner Flüssigkeit. In dem Aquarium auf dem Boden lag ein Schlüssel. Das Aquarium war allerdings mit einem Deckel fest verschlossen. Drumherum standen kleinere Glaszylinder, die auch mit Flüssigkeiten gefüllt waren. Von den Zylindern ragten Schläuche bis in das Aquarium. Auf der Rückseite der Zylinder war jeweils etwas angeschlossen, das wie eine Fahrradpumpe aussah. Auf allen Gefäßen standen chemische Formeln. Auf dem Aquarium war ein Totenkopf aufgemalt.»Dafür muss man ja Chemie studiert haben «, bemerkte Sandra.»Wie sollen wir an den Schlüssel kommen, ohne in die Luft zu fliegen? «, fragte Nick resigniert.»Nana, nicht den Kopf in den Sand stecken. Das ist machbar «, erwiderte Johnson und schmunzelte. » Ich habe die Aufgabe gefunden! « Andrej zeigte auf das Schild neben der Tür.»Da stehen erst Mal Sicherheitshinweise. Alle Glasbehälter sind fest verschlossen und dürfen nicht gewaltsam geöffnet werden! Der große Glasbehälter in der Mitte des Raums öffnet sich elektronisch, wenn ihr die Aufgabe gelöst habt. Sobald sich der

Behälter öffnet, ist die Gefahr gebannt und ihr könnt problemlos nach dem Schlüssel greifen. Aufgabe: Wer lesen kann, ist klar im Vorteil. Viel Spaß. Die Zeit läuft! « Andrej schüttelte ratlos den Kopf.»Was soll das denn heißen? « Cleo sah sich im Raum um und entdeckte ein Bücherregal, voll mit Büchern und einen Schreibtisch in der Ecke, auf dem sich noch mehr Bücher stapelten. Sandra hatte ihren suchenden Blick wohl bemerkt.»Wir müssen jetzt aber nicht alle Bücher lesen, die da so rumstehen, oder? «, kommentierte sie Cleos Fund.» Nein, ich denke nicht. Aber die Lösung finden wir auf jeden Fall in den Büchern «, antwortete Cleo. Nun hatten die anderen Mitspieler auch die Bücherstapel entdeckt und stöhnten fast gleichzeitig los. Cleo ging zum Regal und nahm ein Buch heraus, es war ein Chemiebuch. Als sie die anderen Bücher unter die Lupe nahm, erkannte sie, dass alle Bücher die gleiche Fachrichtung hatten: Chemie.»Wie sollen wir bestimmte Stellen in den Büchern finden, die uns helfen? «, fragte Korbinian.»Das ist es! «, rief Cleo aus.»Wir suchen nach Lesezeichen oder Lesebändchen, die bestimmte Seiten markieren. «»Oder umgeknickte Ecken «, fügte Marc hinzu. Doch Cleo widersprach:»So behandelt man keine Bücher. Wozu gibt es denn Lesezeichen? « Als Buchhändlerin war es für Cleo ein No-Go ein Buch zu beschädigen, indem man Ecken umknickte. Marc nickte verschämt und griff sich ein Buch. Es war eine Attrappe und ließ sich nicht öffnen.» Ähm, das ist kein richtiges Buch «, merkte er an.» Na, dann ist es ja nicht so schwer, die Hinweise zu finden «, erwiderte Cleo. Sie hatte die mit einem Bändchen markierte Seite in ihrem Buch gefunden. Auf der Seite war mit Textmarker eine Formel und der Name markiert:

NaCl 0,9 % ist Natriumchloridlösung.» Zettel und Stifte habe ich auf dem Schreibtisch gesehen. Kann jemand den Namen aufschreiben und den Zettel dann neben den Zylinder mit dieser Formel legen? «, fragte sie die Anderen.»Das mache ich «, antwortete Korbinian. Jetzt wussten alle, nach was sie suchen sollten, und nahmen sich ein Buch nach dem Anderen vor. Es gab C2H50H, das war Ethylalkohol, HNO3- Salpetersäure und LiOH-

Lithiumlauge. Während Korbinian die Zettel verteilte und die anderen Mitspieler die Bücher durchsuchten, kam Marc, der unscheinbare TÜV-Prüfer, auf Cleo zu und drückte ihr, ohne einen Ton zu sagen, einen kleinen Zettel in die Hand. Cleo faltete den Zettel auseinander und staunte, als sie eine Handynummer entdeckte. Außerdem stand eine kurze Nachricht darauf: Möchte dich gerne wiedersehen. Cleo steckte den Zettel etwas verlegen in die Hosentasche. Marc hatte sich sofort nach der Übergabe wieder in die Bücher vertieft. Vielleicht war er deshalb nervös gewesen. Cleo schaute ihn nachdenklich an, als Nick plötzlich triumphierend ausrief:»Ich weiß, was in dem großen Aquarium ist: Chlorwasserstoffsäure, auch bekannt als Salzsäure! « Korbinian wurde ganz aufgeregt und wedelte mit seinem Buch herum.»Hier steht, dass Salzsäure mit Lauge in derselben Konzentration neutralisiert werden kann! « »Prima, dann haben wir die Lösung. Das hier ist Lithiumlauge «, erwiderte Andrej zuversichtlich. Er machte sich daran, die Pumpe des Zylinders mit der Lauge zu betätigen. Schon beim ersten Pumpen ging ein Alarmton los und ein rotes Kreuz unter dem Zylinder begann zu leuchten. Aus dem Lautsprecher über ihnen kam eine Ansage: »Fehler! Noch zwei Versuche! « Dann wurde es wieder still. Andrej guckte seine Mitspieler bedrückt an.»Tut mir leid, war wohl falsch. « Cleo schaute sich das Schild auf dem großen Behälter an. Da stand HCl 32 %.»Wir suchen eine Lauge, die dieselbe Konzentration hat, also 32 Prozent. Zwei Zylinder sind noch nicht entschlüsselt. Weiter geht`s « Cleo fand im nächsten Buch CH2O2, das war allerdings Ameisensäure. Fast zur gleichen Zeit rief Sandra erfreut aus:» Ich glaube, das ist sie: NaOH 32%- Natronlauge 32 Prozent! « »Du hast es entdeckt, also darfst du den zweiten, hoffentlich richtigen, Versuch starten «, erklärte Johnson. Sandra betätigte die Pumpe des Zylinders mit der Natronlauge und ein grünes Licht erschien unter dem Zylinder. Die Flüssigkeit wurde in das große Glasgefäß in der Mitte gepumpt. Der Deckel öffnete sich aber noch nicht.»Es gibt eine Markierung, bis dahin muss das Ding bestimmt gefüllt werden «, warf Nick ein. Und tatsächlich. Als die Markierung erreicht war, setzte sich der

Deckel, wie durch Zauberhand in Bewegung und rollte zur Seite weg. »Also ich greif da nicht rein. Wer will noch Mal, wer hat noch nicht? « Nick entfernte sich vorsichtig. »Mach ich. War vorhin mein Fehler «, erklärte Andrej mutig. Er tauchte vorsichtig den kleinen Finger hinein und zog ihn mit einem lauten Schrei wieder heraus. Alle keuchten entsetzt auf und Marc wurde käsebleich. Andrej schaute sie wimmernd mit schmerzverzerrtem Gesicht an; dann fing er laut an zu lachen. »Hah, reingefallen! «, gröhlte er prustend. Nick boxte ihm auf die Schulter. »Mensch, jetzt hast du uns erwischt. « Er grinste aber schon wieder. Marc sah nicht aus, als ob er den Scherz lustig gefunden hätte. Seine Gesichtsfarbe war noch nicht wieder vollständig hergestellt. Die Anderen konnten dann aber doch darüber lachen. Andrej griff beherzt in das Aquarium und fischte den Schlüssel heraus. »Puh, das war knifflig «, bemerkte Cleo. Ihre Mitspieler stimmten ihr zu. Andrej öffnete die Exit-Tür auf der anderen Seite des Raumes.

Sie betraten einen kleinen dunklen Raum. Als alle die Türschwelle überschritten hatten, glitt die Tür hinter ihnen zu. Es war stockfinster. »Ich habe nicht nur Höhenangst, sondern auch Platzangst! «, hörte man Nicks Stimme in der Dunkelheit. »Sei doch nicht so eine Mimi! «, hörte Cleo leise eine Stimme flüstern. Sie vermutete, dass dieser Spruch von Eric Johnson gekommen war, konnte es aber nicht genau zuordnen. Sie hörten wie vor ihnen eine Tür aufschwang und den Weg in den nächsten Raum freigab. Es war immer noch finster, aber Cleo übernahm das Kommando. »Na los, wir schaffen das. Alle fassen sich an den Schultern und wir tasten uns vorsichtig weiter. « Gesagt, getan! In kleinen Schritten gingen sie mit ausgestreckten Armen in den Raum. Cleo stieß an etwas Hartes und stoppte sofort. Es war ein Tisch und darauf lag etwas, das sich anfühlte wie Taschenlampen. Sie reichte jedem eine, was nicht so einfach war. Korbinian rammte sie die Taschenlampe in den Bauch und Sandra erwischte sie an der Schulter. »Hat jeder den Schalter gefunden? Dann los. « Cleo schob den Schalter der Lampe nach oben, doch es wurde nicht hell. Ein schwaches lila Licht erschien. Bei den Anderen war es genauso. Wenn sie ganz nah beieinanderstanden, konnten sie ihre Gesichter beleuchten, aber sonst war es immer noch sehr dunkel. »Ich weiß, was das ist! Das sind Schwarzlichtlampen «, rief der Bürgermeister erfreut, auch endlich etwas beitragen zu können. Sie gingen bis zur Wand und daran entlang. Alle hielten die Schwarzlichtlampen auf das Mauerwerk gerichtet. » Guckt mal, da sind Buchstaben. Nein wartet, es ist das ganze Alphabet «, bemerkte Sandra. »Aber was fangen wir damit an? « In diesem Moment knirschte die Decke über ihnen verdächtig. Alle leuchteten nach oben. Im Schwarzlicht erschien das Konterfei Albert Einsteins, das langsam näher zu kommen schien. »Scheiße, die Decke kommt runter! Was jetzt? «, fragte Korbinian. »Wir müssen das Schild finden, los schnell «, rief Andrej. Drei Meter weiter an der Wand erschien im Schwarzlicht ein Textfeld, auf dem stand: Achtung! Seid ihr zu langsam, fällt euch der Himmel auf den Kopf. Aufgabe: Wer ist es? Seine größte Weisheit! (Kleiner Tipp: Was braucht ihr?) Nur gemeinsam seid ihr stark! Zweimal! Viel Spaß. Die Zeit läuft!

Der Bürgermeister meldete sich zu Wort. »Also das ist Albert Einstein. Aber was soll der Rest bedeuten? « »Seine größte Weisheit? Ich kenne nur diese Formel: E gleich m mal c zum Quadrat. «, warf Korbinian ein. »Ich glaube, darauf wollten sie hinaus. Aber den Tipp verstehe ich nicht. Was braucht ihr? « »Also E ist die Energie und m die Masse? «, fragte Cleo unsicher. Die Decke bewegte sich immer weiter nach unten und Nick wurde immer nervöser. »Ist mir scheißegal. Ich will hier raus und ich will Licht haben. « »Das ist es «, rief der Bürgermeister, »c steht für Licht oder Lichtgeschwindigkeit. « Cleo überlegte laut weiter » Wir sollen etwas gemeinsam tun. Die Buchstaben auf der Wand sahen aus als könnte man sie eindrücken. Sollen wir es versuchen? Einstein hat acht Buchstaben! « »Aber es gibt jeden Buchstaben nur einmal auf der Wand. Das E, das I, das S und das N kommen in Einsteins Namen aber doppelt vor «, gab Korbinian zu bedenken. »Ihr denkt zu kompliziert. Wir drücken die Buchstaben für das Wort Licht «. Andrej, von dem der Vorschlag kam, lief die runde Mauer entlang zum Buchstaben L. Die Anderen stellten sich vor die Buchstaben I, C, H und T. Andrej gab das Kommando. »Eins, zwei und drei! « Es klappte. Das Licht flammte auf und alle blinzelten sich geblendet an. Sie waren im zweiten, runden Turm. Die Decke war schon auf circa zwei Meter abgesenkt. Nick stieß einen kurzen Schrei aus. »Die stoppt nicht! Und jetzt? «, rief er voller Panik, denn die Decke bewegte sich tatsächlich immer noch stetig nach unten. Sandra entdeckte eine Art Falltür im Boden, auf der mit roter Schrift EXIT stand. »Wir versuchen es. Wir drücken die Buchstaben E, X, I und T! « Nick spurtete zum X, Korbinian zum I, Cleo stand schon vor dem E und Andrej hatte sich beim Buchstaben T postiert und rief wieder laut die Anweisung: »Eins, zwei und drei! « Alle drückte gleichzeitig die Buchstaben und die Decke stoppte mit einem lauten Knirschen und die Falltür sprang auf. Nick atmete erleichtert auf. »Da geht`s raus, folgt mir Jungs und Mädels, ich weiß wo`s langgeht « Neben der Klappe erschien eine Projektion einer Ampel. Sie stand auf Grün. Cleo starrte in das dunkle Loch. » Ich glaube, das ist eine Rutsche. Wer will zuerst? «

Nick meldete sich kurzerhand, setzte sich auf den Einstieg und rutschte jauchzend in die Tiefe. Die Ampel schaltete sofort auf Rot. Sie hörten Nick von unten rufen: » Na los, das macht Spaß. « Die anderen Teilnehmer stellten sich in einer Reihe auf und rutschten hinter Nick her. Johnson hatte sich ganz hinten angestellt und fragte mit einem selbstgefälligen Lächeln: »Na, wie findet ihr es bis jetzt? Ist doch Mal was anderes, oder? « Cleo konnte den Typen nicht ausstehen, musste aber zugeben, dass dieser Escape-Room der spannendste war, den sie bis jetzt erlebt hatte. Dann war sie an der Reihe und rutschte. In der Rutsche war es wieder dunkel und es ging um ein paar Kurven, doch der Auslauf bremste sie und sie fand sich vor einer kleinen Tür wieder, vor der Sandra schon wartete. »Wo sind die Anderen? «, fragte sie überrascht, denn bis auf Johnson, der hinter ihr stand, waren alle schon gerutscht.

Sie hörte links von sich Korbinians Stimme, die genau dieselbe Frage stellte. Sandra machte sich bemerkbar und rief in Richtung der Stimmen, dass sie und Cleo sicher gelandet wären und vor einer Tür ständen. Die restlichen Teilnehmer antworteten, dass sie auch heil unten angekommen wären. So wie es aussah, hatte die Rutsche nach jeder Person die Richtung gewechselt und je zwei von ihnen vor einer Tür abgesetzt. Das erinnerte Cleo an die Treppen in Hogwarts, die ihre Richtung ändern konnten. Marc und Nick standen vor einer Tür, Korbinian und der Bürgermeister, sowie Eric und Andrej bildeten jeweils ein Team. Das war echt cool. »Okay, wir gehen alle durch die Türen. Auf drei! « Andrejs Stimme übernahm mal wieder das Kommando und sie öffneten die Tür vor ihnen. Sie konnten nicht weit in den Raum hineingucken, da eine Wand im Weg war. Der Gang zweigte nach rechts ab. »Ich denke, das ist ein Labyrinth «, hörte sie die Stimme des Bürgermeisters. Plötzlich hörten sie ein Knacken wie von Lautsprechern und anschließend eine Durchsage: »Findet die Burg! Findet den Weg! Findet die Zahlen vom Südturm im Uhrzeigersinn! Entkommt, solange ihr noch könnt! Viel Spaß! Die Zeit läuft! «

»Also los und Augen auf, damit wir die Burg finden. Wir sehen uns am Ausgang! «, rief Cleo laut. Sandra und sie bogen in den Gang nach rechts ab, danach liefen sie links und merkten erst nach zweimal Abbiegen, dass sie in einer Sackgasse gelandet waren. Sie wollten gerade umdrehen, da entdeckte Cleo den Turm auf dem Boden in der Ecke. »Ich habe einen Teil der Burg gefunden«, teilte sie laut den anderen Teams mit. » Ihr müsst auch in den falschen Gängen und Sackgassen Ausschau halten! « Sandra nahm den Turm und drehte ihn in der Hand. » Sieht aus wie ein Steck-Puzzle. Eine Zahl steht auch drunter: Die Sieben. « Sie machten sich wieder auf den Weg. Die Zeit drängte schließlich. Kurze Zeit später hörten sie Marcs Stimme rufen. »Wir haben den zweiten Turm. « Bis der dritte Turm vom Bürgermeister gefunden wurde, dauerte es etwas länger. Aber am meisten Zeit brauchten Andrej und Johnson. Sie hatten die Mauern mit dem Haupttor gefunden. Immer wenn ein Team falsch abgebogen war, hörte man lautes Fluchen. Sandra und Cleo arbeiteten sich zielstrebig durch das

Labyrinth. Andrej und Johnson waren die Ersten an der Exit-Tür, die mit einem vierstelligen Zahlenschloss gesichert war. Sandra und Cleo trafen kurz nach ihnen ein und nur zwei Minuten später kamen aus zwei verschiedenen Gängen die anderen beiden Teams gestürmt. Die Burgteile waren schnell richtig zusammengesteckt. »So, welches ist der Südturm? «, fragte Cleo den Bürgermeister. Orientierung war nie so ihr Ding gewesen. Zielsicher tippte der Angesprochene auf den Turm. »Okay, vom Südturm aus im Uhrzeigersinn, das ergibt die Zahlen: Sieben, Drei, Eins, Neun. «, las Korbinian schnell vor. Nick war schon dabei die Zahlen einzugeben und öffnete mit einem fröhlichen Lachen das Schloss und die Tür. Er schien, entgegen seiner Überzeugung, doch viel Spaß an der Exit-Burg zu haben.

Der Raum, den sie betraten, war kreisrund, also der dritte Turm der Burg. Die Tür fiel hinter ihnen ins Schloss und sie sahen sich um. Der Raum war komplett leer. Auf der gegenüberliegenden Seite gab es eine Tür, die aber halb im Boden versunken zu sein schien. Der Schriftzug Exit ließ keine Zweifel aufkommen; Da mussten sie raus. Auf dem Boden waren acht rote Kreuze zu sehen. Cleo fand, dass es wie auf einer Schatzkarte aussah. Da wo der Schatz versteckt ist, ist ein Kreuz auf der Karte eingezeichnet. Aber acht Schätze? Das glaubte sie nicht. Plötzlich zeigte Korbinian nach oben. »Da hängt der Schlüssel. Wie sollen wir da drankommen? Das ist ohne Hilfsmittel selbst für mich zu hoch.«

Andrej hatte das Schild gefunden und las vor. »Aufgabe: Nicht die Balance verlieren. Der Teamgeist schafft`s. Viel Spaß! Die Zeit läuft! « Cleo rief alle zusammen. »Ich denke, jeder sollte sich erstmal auf ein Kreuz stellen. Mal sehen, was passiert! « Alle waren einverstanden. Als alle ein Kreuz erreicht hatten, leuchteten die Kreuze kurz auf und erloschen dann wieder. Sonst passierte nichts. Andrej machte ein enttäuschtes Gesicht und lief auf die Mitte des Raums zu, als der Boden plötzlich zu schwanken begann. »Mensch, was machst du denn? «, beschwerte sich Nick und lief hinter Andrej her. Sofort bekam der Boden noch mehr Schlagseite. Cleo konnte ihre Position nicht halten und geriet ins

Rutschen. Korbinian hatte das Prinzip als Erster begriffen und bewegte sich in die entgegengesetzte Richtung der beiden Männer. Der Boden begann sich zur anderen Seite zu neigen. Sie blieben wie angewurzelt stehen. Der Boden stand schräg, aber blieb in dieser Position. »Wir befinden uns auf einer runden Plattform, die nur auf einem Pfeiler in der Mitte steht und ausbalanciert werden muss «, erklärte Korbinian den anderen Mitspielern. »Ich bin der Größte hier in der Gruppe, also müsst ihr mich, so hoch katapultieren, dass ich an den Schlüssel komme. « »Katapultieren? Wie soll das denn gehen? «, fragte Nick entsetzt. »Nein, natürlich nicht mit Schmackes, sondern mit Feingefühl und Teamgeist. Ich gehe langsam unter den Schlüssel. Ihr bewegt euch langsam in die andere Richtung. Wenn ich den Schlüssel erreiche, sage ich Bescheid «, erklärte Korbinian ruhig. Cleo stand schon gegenüber von Korbinian. Nick und Marc setzten sich gleichzeitig in Bewegung. Alle ruderten mit den Armen, blieben aber stehen. Korbinian wurde tatsächlich hochgehoben. Als Andrej und Eric auch langsam auf ihre Seite kamen, rief Korbinian: »Stopp! Ich hab ihn! « Alle sahen aus, wie beim Stopp-Tanzen früher. Keiner bewegte sich. Korbinian ging langsam zur Tür. »So, ihr müsst langsam näherkommen. Das Schloss der Tür ist unterhalb des Boden-Niveaus. Da komme ich so nicht dran. Das heißt, die Bodenplatte muss Richtung Tür gekippt werden. « Alle machten sich daran die Anweisungen auszuführen. Cleo war konzentriert bei der Sache, so wie die Anderen auch. Sie blickte in die angestrengten Gesichter und musste lächeln. Sie waren tatsächlich ein richtig gutes Team geworden, obwohl hier so viele unterschiedliche Personen zusammenkamen, die sich vorher nicht kannten. Korbinian riss sie aus ihren Gedanken. » Die Tür ist auf! Aber so können wir nicht durchlaufen. Der Boden senkt sich dann zu tief ab. «

»Vielleicht können wir ihn wieder verriegeln, wenn alle auf einem Kreuz stehen. So wie wir ihn entriegelt haben «, äußerte Sandra eine spontane Idee. »Okay, versuchen wir es «, sagte Andrej. Alle bewegten sich zu einem Kreuz, natürlich sehr vorsichtig. Und tatsächlich; als alle auf ihrer Position angekommen waren, hörten sie ein Geräusch, wie von einem zuschnappenden Schloss. »Korbinian, willst du es zuerst versuchen? «, fragte Cleo ihn. Er lief los und der Boden bewegte sich keinen Millimeter. An der Tür angekommen, musste Korbinian fast hindurchkriechen, da die untere Hälfte der Tür unter dem Boden lag. Alle anderen folgten Korbinian. So landeten sie halb gehend, halb kriechend in der Halle mit dem Haupttor. Als Cleo sich aufrichtete, sah sie, warum ihre Mitspieler so entsetzt geschnauft hatten. Mitten in der Halle stand eine Guillotine. Die sah verdammt echt aus. Johnson lachte sie strahlend an und verkündete:»Ich habe doch erwähnt, dass es am Ende noch eine Überraschung gibt! « Nick, der ja doch Spaß an der Sache gefunden zu haben schien, machte ein wütendes Gesicht und gab aufbrausend zurück:»Sollen wir uns jetzt alle köpfen lassen, oder was? « Johnson stellte wieder sein herablassendes Lächeln zur Schau und erwiderte:»Na, wer wird sich denn gleich in die Hose machen? Es ist alles sicher und TÜV geprüft, nicht wahr, Herr Tischler? « »Ääh, …ja natürlich. Alles sicher «, erwiderte Marc Tischler zögerlich. Na, das war doch mal eine vertrauenerweckende Antwort, dachte Cleo.

Doch Johnson fuhr schon fort, das Abschluss-Prozedere zu erklären. »Wie hier auf dem Schild beschrieben, wurde das Köpfen tatsächlich früher umschrieben mit den Worten: Er ließ sich knipsen. Bei uns rollen natürlich keine Köpfe, es werden tolle Erinnerungsfotos geschossen, die Sie dann in unserem Souvenirshop auf der anderen Straßenseite kaufen können. Da wo früher das Burgcafe zu finden war. Dort gibt es auch noch tolle andere Souvenirs der Burg. So, jetzt hat aber keiner mehr Angst, oder? Normalerweise öffnet sich das Haupttor erst nach dem achten Foto, aber wir wollen der Presse ja etwas bieten. Also, wie sieht`s aus, Nick? Trauen Sie sich als Erster? « Nick trat hocherhobenen Hauptes auf die Guillotine zu, steckte erst seine Hände und dann den Kopf durch die dafür vorgesehenen Löcher. »Na machen Sie schon «, forderte Nick Johnson auf. Es sah schon gruselig aus, als er das obere Brett mit den Aussparungen heruntergleiten ließ. Jetzt saß Nick in der Falle. Cleo war froh nicht die Erste zu sein. »Bitte recht freundlich, oder ängstlich, je nach Wunsch «, rief Johnson grinsend und drückte auf den Auslöser, der an der Wand befestigt und beschriftet war. Das Fallbeil krachte runter, es blitzte, als das Foto gemacht wurde und ein Kopf mit erschrocken aufgerissenen Augen kullerte an Cleos Füßen vorbei. Alle starrten auf den Kopf.

In diesem Moment schwang das Haupttor auf.

Kapitel 3

Ungefähr drei Sekunden war es wie bei einem Standbild, alle waren in ihren Bewegungen erstarrt, dann brach der Tumult los. Die Fotografen, die draußen gewartet hatten, fingen an Fotos zu schießen. Cleo schrie auf, konnte aber den Blick nicht abwenden, Marc sank kreideweiß auf den Boden, Korbinian und Andrej schlugen sich gleichzeitig die Hände vor den Mund und starrten sich gegenseitig an. Der Bürgermeister murmelte entsetzt vor sich hin: »Und das in meiner Stadt! « Johnson schrie, dass hieß; eigentlich fluchte er laut: »So eine Scheiße! Was soll das denn? Verfluchte Scheiße nochmal! « Bis Sandra ihn zum Schweigen brachte, indem sie das Kommando übernahm und laut in die Runde rief: »Cleo, Tor schließen! Korbinian, kümmern Sie sich um Marc, der ist, glaube ich, in Ohnmacht gefallen. Und Johnson: Einfach die Klappe halten! « Alle schaute Sandra fassungslos an, aber dann folgten sie ihren Anweisungen. Cleo ging wie in Trance zum Tor und zog es zu. Ihren Impuls, einfach aus dieser schrecklichen Horrorszene zu fliehen, indem sie das Tor von außen zu machte, unterdrückte sie. »Ich brauche ein Handy! Eric, Sie besorgen mir eins «, Sandra sah ihn kurz auffordernd an und erklärte: »Ich bin von der Polizei. Sobald ich ein Handy habe, informiere ich meine Kollegen und die KTU. Gibt es hier so etwas wie ein Büro, wo wir hingehen können? «, fragte sie Johnson noch, der gerade loslief, um das Handy zu holen. »Das Büro ist winzig, da passen wir nicht alle rein und die anderen Räume kennen Sie ja schon. Wir können in die Eingangshalle gehen, aber es gibt dort keine Stühle «, entschuldigte Johnson sich. »Okay, wir gehen in die Eingangshalle. Bringen Sie mir bitte auch etwas zu schreiben mit. « Die Halle, in der sie standen war, durch eine Tür mit der

Eingangshalle verbunden. Diese schloss Johnson auf und verschwand rechts durch eine weitere Tür. Das musste das Büro sein. Sandra scheuchte alle Mitspieler durch die Tür. Marc, der von Korbinian gestützt wurde, war scheinbar wieder zu sich gekommen. Cleo sank an der Wand entlang zu Boden. Die anderen setzten sich neben sie an die Wand. Nur Sandra blieb stehen und schaute sie der Reihe nach an. Johnson tauchte aus dem Büro auf und brachte Sandra einen Bürostuhl, ein Handy, einen Block und einen Kuli mit.

Sie nahm das Handy in Empfang und telefonierte. »Hallo, hier ist Kriminalkommissarin Sandra Gruber. Verbinden Sie mich bitte mit Rainer Mintze. Danke. « Es entstand eine Pause. »Rainer, ihr müsst sofort zur Kempener Burg kommen. Bring die Spusi mit. « Es entstand erneut eine Pause. » Ja, ein Toter! Bis gleich. « Als sie aufgelegt hatte, nahm Sandra Block und Stift und fing an sich Notizen zu machen. »Ich fange schon mal an, Ihre Personalien aufzunehmen. Ach, und ich würde gerne wieder zum Sie übergehen. Das ist ja jetzt eine polizeiliche Ermittlung. Also der Reihe nach. Cleo, wie heißen Sie mit Nachnamen? Und Ihre Adresse bitte. « Cleo zuckte zusammen, als sie so unvermittelt angesprochen wurde. »Ich heiße Cleo Chouette, das ist ein französischer Name. Ich wohne schräg gegenüber. « Cleo machte eine Handbewegung nach hinten. »Das ist aber kein Straßenname: schräg gegenüber. Ich brauche es schon etwas genauer. « Sandra lächelte sie aufmunternd an. »Auf der Franziskanerstraße. « Cleo nannte noch ihre Hausnummer und den Nachnamen ihres Mitbewohners, der auch auf dem Klingelschild stand. Dann war der Nächste dran. Cleo hörte nicht zu. Sie hing ihren Gedanken nach. Sie war hier in einen Mordfall reingerutscht. Wer konnte sich so etwas nur ausdenken und dann in die Realität umsetzen. Jeder von ihnen hätte das Opfer sein können. Wenn sie vorwitzig gewesen wäre und hätte sich als Erste getraut. Dann läge sie jetzt in zwei Teilen dort. Als sie bei diesen Gedanken ankam, wurde ihr schlecht. Sie raffte sich hoch und rannte hinaus. Sie beugte sich über den Rand der Treppe und übergab sich. Marc war hinterhergelaufen und streichelte ihr über den Rücken. Unter normalen Umständen hätte Cleo sich dieser Berührung entzogen, aber es waren keine normalen Umstände. »Geht`s wieder? «, fragte er. »Ja, alles okay. Naja, nicht wirklich, oder? « Marc zuckte nur ratlos mit den Schultern. Zusammen gingen sie wieder hinein und setzten sich auf ihre Plätze. Sandra fragte gerade Johnson nach einer Videoüberwachung. »Ja, es gibt eine. Die zeichnet aber nur während der Spielrunde auf. Wenn keiner spielt, gibt es auch keine Überwachung «, erklärte Johnson. »Außerdem werden die Bänder nach 24 Stunden automatisch wieder gelöscht. Datenschutz, Sie verstehen? « »Die Videos brauche ich dann auf jeden Fall! «

In diesem Moment hörte man die Sirenen der Einsatzfahrzeuge. Die Autos waren wohl auf den Burgparkplatz gefahren. Rund um die Burg waren Wiese und Spazierwege; für Autos unpassierbar. Man hörte, wie das Tor geöffnet wurde. Die Verbindungstür zur Halle wurde aufgestoßen und ein Bär von einem Polizisten kam mit zwei weiteren Kollegen hereingestürmt. Er drückte Sandra an sich und fragte »Ist bei dir alles okay? « »Ähm, ja. Es ist alles okay. Du kannst mich wieder loslassen, Rainer.« Sandra deutete auf ihre Mitspieler und stellte Rainer offiziell vor. »Das ist mein Kollege, Kriminalkommissar Rainer Mintze. « Kommissar Mintze grüßte in die Runde, als wäre er bei einem Stammtisch. »Hallo zusammen. Mann, was ist denn hier passiert? Da liegt einer mit nem appem Kopp. Kennen wir schon den Namen des Toten? « Die Kommissarin guckte ihn streng an. » Ja, wir kennen den Namen. Das ist Nick Melzer. Er hat mit uns zusammen die Eröffnungsrunde gespielt. An der letzten Station sollte eigentlich nur ein Foto gemacht werden. Den Rest siehst du ja selbst! « Der Kommissar gluckste ein paar Mal, woraufhin ihn alle verdutzt anschauten. »Dann ist das da draußen der ganz kopflose Nick! « Er lachte auf. Als er in die entsetzten Gesichter guckte, erklärte er etwas verschämt: »Sie wissen schon: Der fast kopflose Nick aus Harry Potter!? « »Nicht lustig! «, hörte man Sandras strenge Stimme. »Ist die Spusi schon da? Die müssen die Guillotine mitnehmen. Die Gerichtsmediziner sind auch da, oder? Ich denke, der Tote kann abtransportiert werden. Die Todesursache ist ja klar. « Cleo wollte gerade fragen, wann sie denn nach Hause dürften, da kam ihr Sandra zuvor. » Montag kommen Sie bitte zu mir ins Büro und unterschreiben Ihre Aussage. Denken Sie auch daran, Ihre Personalausweise mitzubringen. Nur noch eine Frage, dann können Sie nach Hause gehen. Kannte einer von Ihnen Nick Melzer schon vor der Spielerunde hier? « Korbinian und Andrej schüttelten sofort den Kopf und verneinten. Der Bürgermeister, von dem man die ganze Zeit gar nichts mehr gehört hatte, erklärte: »Also, ich kannte ihn nicht richtig, aber er hat bei mir seine Petition eingereicht, gegen die kommerzielle Nutzung der Burg. Er war nicht gut auf mich zu sprechen. « Sandra schaute Cleo fragend an. »Gekannt habe ich ihn auch nicht. Er hat mir heute morgen einen Flyer in die Hand gedrückt. Er stand mit einigen anderen vor der Burg. Die hatten einen Pavillon aufgebaut und haben vorbeigehende Leute angesprochen. « Sandra sah sie verwundert an. »Das hat man ihm aber nicht angemerkt, dass er Sie vorher schon gesehen hatte, als wir uns vor dem Spiel vorgestellt haben. « Cleo zuckte nur mit den Schultern. Johnson stellte sich vor sie und erklärte: »Also ich kannte ihn schon. Er hat vor der Burg demonstriert, seit wir mit den Bauarbeiten angefangen haben. Das war sehr lästig, aber er ist nie handgreiflich geworden, und dass er zur Eröffnung gekommen ist, zeigt ja, dass er gesprächsbereit war. «»Gesprächsbereit würde ich das nicht gerade nennen. Wir waren alle bei der Vorstellungsrunde dabei «, konterte die Kommissarin. »Was ist mit Ihnen? Sind Sie Herrn Melzer vorher schon einmal begegnet? «, fragte sie Marc. Der wurde sofort wieder weiß im Gesicht und fing an zu stottern. »Ich, äh nein. Vielleicht habe ich ihn vor der Burg Mal gesehen, aber ich weiß nicht... « »Na klar, wir haben den doch getroffen, als wir die erste TÜV-Begehung hatten. Da hat er noch zu dir gesagt, du sollst alles genau kontrollieren und möglichst irgendwelche Mängel finden, damit die Exit-Burg nicht eröffnet werden kann «, fiel ihm Johnson ins Wort. Cleo schaute Marc verdattert an. Wieso konnte er sich an so eine Begebenheit nicht erinnern? Oder log er mit Absicht, weil er etwas zu verbergen hatte. Dasselbe war der Kommissarin wohl auch durch den Kopf gegangen, denn sie forderte Marc auf, noch einmal in Ruhe nachzudenken und dann am Montag auf dem Präsidium eine vollständige Aussage zu machen. Anschließend entließ sie alle nach Hause, mit der Auflage, niemandem Details zu erzählen, da das die Ermittlungen gefährden könne.

Cleo lief wie in Trance um die Burg herum. Als sie die Burgstraße entlanglief, fiel ihr Blick auf den Souvenir-Shop, von dem Johnson gesprochen hatte. Ein uniformierter Polizist stand vor der Tür. Sie wollte sich gar nicht vorstellen, wie das erste und einzige Foto geworden war. Vor dem Haupttor der Burg war alles weiträumig abgesperrt. Ein großer Transporter stand mit offener Klappe auf dem Parkplatz und zwei Männer in weißen Einmal-Overalls versuchten die Guillotine in das Auto zu verfrachten. Neben ihnen stand eine Frau, ebenfalls in einem Overall, mit langen schwarzen Haaren und knallroten Lippen und kommandierte die Männer herum. »Nein, weiter rechts rüber. Warte, du eckst oben an. Was für eine sperrige Tatwaffe. Das hatten wir auch noch nicht: Eine Guillotine, wer kommt denn auf so was? « Cleo lief auf die Frau zu. »Hallo Mira, ich … «, Cleo schluchzte los »Ich war dabei! « Die angesprochene Frau drehte sich um und nahm Cleo in die Arme. »Schhh, ist ja gut! Das wird wieder. Hauptsache dir ist nichts passiert. Mach dir keinen Kopp. « Sie streichelte Cleo über die Haare und fing an zu kichern. »Und wenn du es warst, hat dich ja keiner erkannt. Ist die Perücke neu? Die kenne ich noch gar nicht. « Cleo musste auch lachen und wischte sich die Tränen ab. Mira konnte einen wirklich in den übelsten Situationen wieder aufheitern. Mira und sie kannten sich schon seit der Schulzeit. Als Cleo mitten im Schuljahr in der fünften Klasse nach Deutschland kam, war neben Mira noch ein Platz frei. Sie wurden beste Freundinnen und waren es bis heute. Mira hatte Medizin studiert und arbeitete seit vier Jahren bei der KTU. Von den Kollegen wurde sie nur das schnatternde Schneewittchen genannt. Sie hatte, wenn sie zu einem Tatort kam, ihren weißen Overall an und redete ohne Unterlass. Ihre schwarzen, langen Haare und blutrot geschminkten Lippen taten ihr übriges zu dem Spitznamen.

»Jetzt gehst du erst mal nach Hause und fläzt dich auf die Couch. Dein Mario soll dir was Hochprozentiges mixen und dann kommst du erst Mal zur Ruhe. Morgen telefonieren wir und du kannst mir alles genau erzählen, okay? Ich muss jetzt noch ein bisschen arbeiten. « »Ja, wir telefonieren Morgen. «, erwiderte Cleo. In diesem Moment hörte sie eine stadtbekannte, laute Stimme. » Hey, du stehs hier quer auf zwei Parkplätze. Dat geht nich. Die Polizei muss ihre Arbeit machen. Fahr da ma weg. « Freddy kam auf Mira zugesteuert und flüsterte dann in verschwörerischem Ton: »Hier issen Mord passiert! « Dann wurde er wieder laut. »Also, husch jetz! « Freddy wedelte mit den Armen, als wollte er eine Fliege verscheuchen. Aber da hatte er die Rechnung ohne Mira gemacht.

Sie baute sich vor Freddy auf und stemmte die Arme in die Seiten. »Jetzt pass mal auf, mein Freund. Wir gehören mit zu dem Verein. Wir sind die Spusi oder meinst du, wir laufen in unserer Freizeit in diesen hübschen Overalls rum? Und ja, wir müssen hier arbeiten, also mach dich vom Acker, Freddy!« Freddy guckte sie beleidigt an und ging dann grummelnd weiter. Das Kempener Original war immer vor Ort, wenn etwas passierte. Egal, ob die Feuerwehr einen Einsatz hatte oder die Polizei; Freddy war dabei oder zumindest immer gut informiert. Wer ihn in der Stadt traf - und er war oft in der Stadt unterwegs - konnte nach dem Wetter für die nächsten Tage fragen oder wann wieder Kirmes, bzw. das nächste Fest in der Altstadt ist. Er sagte Falschparkern auf dem Buttermarkt seine Meinung und wies sogar die Schausteller auf ihre Standplätze ein. Mit seiner Kappe auf dem Kopf, seinem schlurfenden Schritt und natürlich seiner lauten Stimme, kannte ihn jedes Kind in Kempen. Cleo tat er ein bisschen leid. »Mira, er meint es doch nur gut. Er versucht zu helfen.« Mira wollte gerade antworten, da hörten sie, wie Freddy die Schaulustigen vor der Absperrung nach Hause schickte. »Siehst du?« »Ja, ist ja schon gut! Er hat sich von meiner Antwort doch schnell wieder erholt. So, ich muss jetzt wirklich weitermachen. Bis Morgen dann. Tschüss!« Cleo verabschiedete sich und ging schnell an den Absperrungen vorbei, schloss ihre Haustür auf und ließ sich auf die Couch fallen. Sofort kamen Bob und Mario auf sie zugestürmt. Mario bremste vor der Couch ab, Bob sprang mit den Vorderpfoten auf ihren Bauch, was Cleo mit einem UFF kommentierte und fing an ihr Gesicht abzulecken. »Lass das, du Fellknäuel! Und geh runter von mir, du bist schwer.« Beleidigt zog Bob sich auf seine Decke zurück. »Was ist denn überhaupt los? Die Polizei hat plötzlich alles abgesperrt. Ich bin ja froh, dass dir nichts passiert ist. Gab es einen Unfall?« Mario hatte sich auf seinem Sessel niedergelassen und schaute sie fragend an. »Nein, kein Unfall! Mord! «, berichtigte Cleo ihn, und dann erzählte sie ihm die ganze Geschichte von Anfang bis Ende mit allen Details, obwohl die Kommissarin es verboten hatte. Mario mixte ihr einen Campari-O und nahm sich ein Bier aus seinem Kühlschrank. Während ihrer Erzählung wurde er immer stiller und schaute sie ungläubig an. Cleo schloss ihre Geschichte nach einer Stunde und drei weiteren Camparis ab. Marios Mund klappte auf und wieder zu. Er war sprachlos. Cleo merkte, wie sie beim Erzählen immer wütender geworden war. Es hätte auch sie treffen können, das wurde ihr immer klarer. Woher wusste der Mörder, wer von ihnen den Kopf zuerst durch die Guillotine stecken würde? Oder war es ihm egal? »Ich kriege raus, wer dahintersteckt! « Cleo hatte ihren letzten Gedanken laut ausgesprochen und Mario reagierte sofort mit energischer Stimme: »Einen Scheiß wirst du rauskriegen. Das lässt du schön die Polizei machen. Das ist viel zu gefährlich. Die Kommissarin war doch dabei, die nimmt das in die Hand! « »Ist mir egal. Morgen rufe ich Mira an und frage, ob sie mir etwas zur Guillotine sagen kann. So was bekommt man ja nicht im Supermarkt. Entweder hilfst du mir oder du lässt es bleiben, aber sag mir nicht, was ich zu tun oder zu lassen habe! « Wütend starrte sie Mario an. Mario starrte wütend zurück. Dann seufzte er tief. »Ausreden kann ich dir das eh nicht, oder? Dann versprich mir wenigstens, dass du mich über jeden Schritt informierst, damit ich weiß, was du so treibst. Und wenn es gefährlich wird, übergibst du an die Polizei! Alles klar? « Mario schaute sie besorgt an. Cleo versprach gut auf sich aufzupassen und ihn zu informieren, wenn es etwas Neues gäbe. Cleos Magen meldete sich mit einem Grummeln und ihr fiel ein, dass sie seit dem Frühstück nichts gegessen hatte. Mario bestellte ihr eine große Pizza Tonno und sich selbst einen Salat. Nachdem sie gegessen hatten, ging Mario noch kurz mit Bob spazieren. Cleo zog sich eine bequeme Jogginghose und einen Kuschelpulli an, schminkte sich ab und hängte die Perücke wieder auf den Ständer. Danach ging sie ins Bett und fiel in einen unruhigen Schlaf.

Kapitel 4

Am nächsten Morgen wachte Cleo mit Kopfschmerzen auf. Sie hatte eindeutig zu viel getrunken. Plötzlich hörte sie Geräusche aus der Küche. Sie stand sofort senkrecht im Bett. Normalerweise war sie immer die Erste, die aufstand. Aber Bob hatte nicht gebellt, also war es scheinbar kein Einbrecher. Als sie verschlafen aus ihrer Tür guckte, strahlte Mario sie an. »Hey, ich habe mir den Wecker gestellt, Frühstück gemacht und Brötchen holen war ich auch schon. Alles fertig. Nur den O-Saft gibt es heute pur, ohne Campari. Eine Kopfschmerztablette habe ich dir auch hingelegt.« Mario zwinkerte ihr zu. »Danke, das ist wirklich lieb von dir. « Cleo nahm sich einen Kaffee und setzte sich an den Tisch. Nachdem sie die Tablette genommen hatte, fingen ihre Gedanken wieder an zu kreisen. »Ob die das Foto und das Video schon mitgenommen haben? Vielleicht sieht man ja doch was Verdächtiges darauf. « Marios Lächeln verschwand. » Ich hatte gehofft, du hättest diese hirnrissige Idee, eigene Ermittlungen anzustellen, vergessen. « Cleo sah ihn strafend an. »Ich bin doch kein Kleinkind, das sich nicht mehr daran erinnert, was es gestern gesagt hat. Als erstes rufe ich Crunchy an. Wenn jemand an das Video und das Foto kommt, dann er. « Mario stöhnte auf. »Oh nein, nicht diesen Nüsse-fressenden Nerd. « »Ey, sei nett. Auch wenn du ihn nicht magst. Crunchy ist ein guter Freund und er hilft mir bestimmt. « »Ich helfe dir auch und du hast recht, ich mag ihn nicht. Er trampelt auf meinen Gefühlen rum, nur weil er meine Art zu leben nicht nachvollziehen kann «, beschwerte sich Mario quengelig. »Sei nicht so eine Mimi! «, gab Cleo schmunzelnd zurück. Mario und Crunchy konnten unterschiedlicher nicht sein. Mario liebte seinen Schlabberlook, seine Rastalocken und versuchte mit der Natur im Einklang zu leben. Sein Handy, das er von Cleo zum Geburtstag bekommen hatte, benutzte er kaum. Auch sonst war er nicht sehr Technik-affin. Crunchy dagegen trug meist einen Anzug, seine kurzen, braunen Haare waren gestriegelt und parfümiert. Er war ständig online, entweder mit seinem Smartphone, seiner Smartwatch oder dem Tablet, dass er immer mit sich rumschleppte. Er kannte die neuesten Trends und machte sie mit. Er hatte mit Cleo zusammen die Buchhändlerausbildung gemacht. Da er außer der Technik auch Fantasy-Bücher über alles liebte, hatten sie sich sofort gut verstanden. Seit dieser Zeit waren Cleo und Janis Freunde. Den Spitznamen Crunchy hatte Cleo ihm in der Ausbildung verpasst, weil er ständig Nüsse knabberte und die Lehrer der Berufsschule und alle anderen Auszubildenden, sowie seinen damaligen Chef damit in den Wahnsinn trieb. Inzwischen wurde er von den meisten seiner Freunde nur noch Crunchy genannt. Irgendwann hatte er Cleo gestanden, dass er sich in den Laptop seiner damaligen Freundin gehackt hatte, weil er eifersüchtig war und wissen wollte, mit wem sie chattete. Wie sich herausstellte, war seine Eifersucht nicht unbegründet und die Beziehung damit beendet. Cleo hatte diese Geschichte nicht vergessen und hoffte, dass er ihr das Video und das Foto besorgen konnte.

Cleo rief ihn, trotz Marios Protest, an und lud ihn zum zweiten Frühstück ein. »Nein, du brauchst keine Brötchen mitbringen. Mario hat so viele gekauft; die reichen locker für uns alle! Dann bis gleich. « Mit diesen Worten beendete Cleo das Telefonat. »In einer halben Stunde ist er da. Kannst ja ein bisschen meditieren, um dich mental darauf vorzubereiten «, grinste sie Mario an. »Jetzt fang du nicht vorher schon an! «, gab Mario pampig zurück. »Ich geh mit Bob eine Runde, der freut sich wenigstens über meine Gesellschaft. «»Ach, sei doch nicht eingeschnappt «, erwiderte Cleo. Bob war schon schwanzwedelnd zur Tür gelaufen und schaute Mario erwartungsvoll an. »Ja, ich laufe mit dir! «, rief Mario in Bobs Richtung, holte die Leine und legte sie ihm an. Cleo staunte. Was der Hund so alles verstand: Seinen Namen natürlich, aber auch „Eine-Runde-laufen" hatte er richtig interpretiert.

Mario war gerade fünf Minuten weg, als es an der Türe klingelte. Cleo drückte den Summer für die Haustüre unten. Crunchy kam die Treppe hochgelaufen, Handy am Ohr und das Tablet unterm Arm, winkte er ihr zu und drückte sich an ihr vorbei in die Wohnung. »Ja, mach ich. Tschüss «, sprach er in sein Handy und steckte es in die Jackettasche. Dann drehte er sich zu Cleo um und drückte ihr einen Kuss auf die Wange. »Hallo, Liebes. Ich soll dir schöne Grüße von meiner Mutter bestellen. Wo ist denn dein Mitbewohner mit dem Mopp auf dem Kopf?... Und sein Hund? « Crunchy grinste. »Ich hab ja lange nichts von dir gehört und dann das. «»Du weißt schon Bescheid? «, fragte Cleo erstaunt. »Dass du bei der Eröffnung der Exit-Burg dabei bist, hast du mir ja vor zwei Wochen per Whatsapp mitgeteilt. Die andere Sache wird im Internet schon heiß diskutiert. Aber man weiß ja nie, wer wirklich etwas weiß oder wer sich nur wichtigmachen will. Die Polizei hat sich noch nicht dazu geäußert. «»Nenn die Sache ruhig beim Namen: Das war Mord! Sei froh, dass ich noch lebe. « Crunchy schaute sie nachdenklich an. »Na dann erzähl mal! « Cleo erzählte Crunchy alles, was sie erlebt hatte, ihre Gedanken dazu und auch dass sie selbst ermitteln wollte. Auch Crunchy war nicht begeistert von der Idee. Da war er ausnahmsweise mal mit Mario einer Meinung und der war nicht da, um es mitzubekommen. Nach einer halben Stunde frühstücken und Überzeugungsarbeit, hatte Cleo ihn aber doch soweit. Crunchy erklärte sich bereit ihr zu helfen.

»Was soll ich tun? «, fragte er mit schicksalsergebener Stimme. »Kannst du dich in das Computersystem der Burg hacken und mir das Video und das Foto runterladen? «, fragte Cleo ihn mit Augenaufschlag. »Ich kann es versuchen. Das muss ich aber von zu Hause aus machen «, erklärte Crunchy ihr. »Ich ziehe dir alles auf einen Stick. Den bringe ich dir heute Abend rum, okay? Du weißt schon, dass das nicht legal ist, oder? «, fügte er noch hinzu, als er schon in der Tür stand. Cleo nickte ihm schuldbewusst zu und verabschiedete Crunchy mit einem Kuss. Gerade wollte sie die Tür schließen, da hörte sie Crunchy unten sagen: »Ah, da ist ja der Wischmopp. Warst mit deinem Zwilling spazieren, was? « Die Antwort darauf kam etwas verzögert. »Er ist ein besserer Mensch, als die meisten Anwesenden. Und ein besserer Freund allemal! «Mario kam wütend die Treppe hochgestampft. Bob war schneller! »Der geht mir sowas von auf die Nerven! « Mario verschwand in seinem Zimmer. Bob setzte sich vor Cleo und schaute sie erwartungsvoll an. Sie streichelte ihn gedankenverloren, bis ihre Finger in etwas Klebrigem hängenblieben. »Iih, was ist das denn? In was hast du dich denn gewälzt? « Bob schaute verschämt auf den Boden. »Na toll, komm, das müssen wir rauswaschen «, sagte Cleo mit energischer Stimme und zog Bob am Halsband ins Bad. Er sträubte sich mit allen Vieren dagegen, hatte aber keine Chance gegen Cleo. Schnell schloss Cleo die Badezimmertür, damit Bob nicht doch noch ausbüxen konnte. Jetzt kam der schwerste Teil. Sie musste den 40 Kilo-Tross in die Dusche bekommen. Als sie ihn endlich soweit hatte, stellte sie das Wasser an. Cleo hatte nicht bedacht, dass sie noch angezogen war und mit in der Dusche stand. Sie wurde pitschnass und fluchte vor sich hin, während sie Shampoo auf Bobs Rücken verteilte und ihn einschäumte. Es dauerte fast eine Viertelstunde, um das Shampoo wieder auszuspülen. Als sie damit fertig war, war der Abfluss voll mit Hundehaaren, aber Bobs Fell dafür wieder sauber und wohlriechend. Also, es würde wieder wohlriechend werden, nachdem es getrocknet wäre. Nasser Hund riecht nie wirklich gut. Bob sprang aus der Dusche und schüttelte sich. Jetzt konnte sie auch noch das ganze Badezimmer putzen. Cleo stöhnte. Dann hatte sie eine Idee. »Wir zwei gehen eine große Runde, damit dein Fell trocken wird. Badezimmer putzen kann dein Herrchen übernehmen. « Cleo zog sich trockene Sachen an und schrieb Mario einen Zettel, den sie auf den Küchentisch legte. Anschließend machte sie erst die Wohnungstür und danach die Badezimmertür auf. Schnell lief sie in den Flur, Bob wetzte hinterher. Sie schloss die Wohnungstür und Bob schüttelte sich im Hausflur. Der brauchte sowieso Mal wieder einen neuen Anstrich. »Heute kriegst du aber viel Auslauf «, bemerkte Cleo. Bob wedelte mit dem Schwanz. Die Dusch-Aktion hatte er ihr schon wieder verziehen. Er war zum Glück nicht nachtragend. »Na komm, wir laufen einmal um die Stadt. «

Cleo lief die Franziskanerstraße herunter und bog dann links in den Grüngürtel ab. Der Grüngürtel führte einmal um die Altstadt von Kempen herum, genauso wie der Ring; die zweispurige Einbahnstraße für die Autos. Cleo kam an dem großen Schachfeld aus quadratischen Pflastersteinen vorbei, das links vom Spazierweg lag. Sie hatte schon öfter Leute gesehen, die dort Schach spielten, wusste aber nicht, wie man an die dazugehörigen Spielfiguren kam. Im Moment lag es allerdings verlassen da. Bob zog sie weiter über den kleinen Parkplatz direkt neben dem Kuhtor. Dieses Tor war das einzige von vier Toren, das noch existierte. Früher hatte es vier Stück davon gegeben. Das Kuhtor hatte einen großen Durchgang für die Kutschen und Fuhrwerke in früheren Zeiten, später waren dann die Autos dort entlanggefahren, bis man die Innenstadt zur Fußgängerzone machte und den Autoverkehr um die Altstadt herumleitete. An der rechten Seite gab es einen kleineren Durchgang für Fußgänger. Cleo bog aber nicht in die Kuhstraße ab, sondern lief weiter über den roten Schotterweg. Bob liebte diese Runde ebenso sehr wie Cleo. Rechts und links des Weges war Wiese, die von hohen Bäumen gesäumt wurde. Auch wenn es schade um die vielen Villen war, die dort früher gestanden hatten, war der Grüngürtel doch eine echte Bereicherung für die Altstadt. Man lief immer an den Resten der mittelalterlichen Mauer entlang und es gab ständig etwas zu entdecken, wie zum Beispiel die kleinen Türme, die vielleicht damals die Wachposten beherbergten oder die schmalen Durchgänge, die zum Wall und weiter in die Innenstadt führten. Hier, wo die Wiese breiter war, konnte sie Bob auch ohne Leine laufen lassen. Er rannte sofort auf die herunterhängenden Äste eines Baumes zu und bellte Cleo auffordernd an. Cleo lachte und rannte auf Bob zu. Dieses Spiel war ein kleines Ritual, wenn sie diesen Weg nahmen. Bob rannte um den Baum, Cleo hinterher. Dabei erwischte sie ihn natürlich nie. Irgendwann ließ Cleo sich dann schnaufend auf der Wiese nieder, Bob kam zu ihr und legte sich hechelnd neben sie. Nach einer kurzen Verschnaufpause ging es weiter.

Cleo kam an die Kreuzung Mühlhauser Straße und Ring. Links konnte man die Ellenstraße entlangschauen. Dort hingen jetzt im Juni bunte Tücher über der Straße. Cleo stand vor der kleinen Kapelle und musste sich entscheiden, ob sie innen auf dem Wall oder außen an der Mühle vorbeilaufen wollte. Bob nahm ihr die Entscheidung ab; er lief rechts an der Kapelle den Weg entlang. »Also gut, laufen wir außen rum «, stimmte Cleo ihm zu. An der alten Mühle konnte man die Ausmaße der früheren Stadtmauer und den Wehrgang, der allerdings 2002 rekonstruiert wurde, erkennen, da diese dort einige Meter in die Höhe ragte, so wie sie früher die komplette Stadt umschlossen hatte. Bob zog Cleo zu dem Tisch vor der Mühle, weil er hoffte, Reste eines Picknicks zu ergattern. Der Tisch bestand aus einem alten Mühlstein und rundherum waren Hocker im Boden verankert. Viele Leute, die hier während eines Stadtrundgangs Pause machten, ließen bedauerlicherweise Essensreste oder Müll liegen, obwohl überall in der Stadt und im Grüngürtel Mülleimer aufgestellt waren. Diesmal hatte Bob kein Glück. Cleo schaute hoch zur Mühle und bemerkte erfreut die neuen Flügel. Normalerweise befanden sich solche Mühlen auf freien Flächen, um optimal den Wind einfangen zu können. Deshalb war dieses Exemplar mit über 15 Metern Turm-Durchmesser mitten in der Stadtbefestigung etwas ganz Besonderes. Die Turmwindmühle hatte lange ohne ihre vier Flügel auskommen müssen. Im Frühjahr 2017 hatte ein Sturm einen Flügel aus der Verankerung gerissen. Ein trauriger Zufall, dass das Sturmtief Thomas ein Denkmal der Thomasstadt beschädigt hatte. Den Beinamen Thomasstadt trug die Stadt Kempen nach ihrem berühmten Sohn: Thomas von Kempen. Nach diesem Sturm wurden alle Flügel abgenommen. Cleo hatte gar nicht mitbekommen, dass die neuen Flügel montiert worden waren, freute sich jetzt aber umso mehr, dass die Mühle wieder komplett war. Bob drängte zum Aufbruch und riss Cleo aus ihren Gedanken. Wenig später waren sie am Peterturm angekommen. Es war ein Teilstück des früheren Petertors.

Schräg gegenüber befand sich das Café am Ring. Dort war sie öfter mit ihrer Oma Ilse, da es dort eine große Auswahl an leckeren Kuchen und Torten gab. Cleo fiel siedend heiß ein, dass sie ihrem Vater versprochen hatte, ab und zu bei Oma Ilse vorbeizuschauen, solange er noch in Urlaub war. Sie nahm sich vor in den nächsten Tagen im Altenheim vorbeizufahren.

Bob war fast wieder trocken, als sie bei den vier Stelen ankamen, die auf der Wiese rechts neben dem Weg standen. Drei der hohen Säulen waren rostbraun und eine grau. Die graue Stele war beschriftet, aber Cleo hatte nie darauf geachtet, was darauf stand. Sie betrat die Wiese und las: -Wenn wir vor dem letzten großen Gericht stehen wird man uns nicht fragen was wir gelesen sondern was wir getan haben.- Es gab eine Zeit, da waren Cleo ihre Bücher wichtiger als die Realität, aber inzwischen konnte sie dieser Aussage zustimmen. Auf der anderen Seite stand: -Denk immer an das Ende und dass die verlorene Zeit nie wiederkehrt.- Cleo musste an Nick denken. Wie alt mochte er gewesen sein? Unwesentlich älter als sie, vielleicht Mitte dreißig. Ihr kullerte eine Träne die Wange herunter. »Ja, und genau deswegen tue ich etwas! «, sprach sie laut ihren letzten Gedanken aus.

Sie lief an den Kappesbauern, einer Skulptur aus den 90iger Jahren vorbei, über einen Parkplatz am Ende der Engerstraße und dann wieder in den Schotterweg Richtung Post. Kurz darauf sah man schon die Burg. Cleo überquerte die Burgstraße und blieb vor einem Plakat stehen. Das Schild gab die nächsten Termine für den Feierabendmarkt bekannt. In den Sommermonaten fand einmal im Monat mittwochs der Feierabendmarkt auf dem Buttermarkt statt. Cleo freute sich jedes Mal darauf. Es gab Live-Musik, leckeres Essen, fruchtige Cocktails mit und ohne Alkohol und vor allem viele Kempener, die sich mit Freunden dort trafen, feierten und tratschten. In Kempen leben war einfach schön. Sie machte schnell ein Foto von den Terminen und nahm sich vor, diese gleich an Mira weiterzuschicken. In diesem Moment hörte sie eine aufgeregte, ihr bekannte, Stimme. Sie schaute sich um und entdeckte Johnson, der an einen orangefarbenen Sportwagen gelehnt dastand und telefonierte. Er stand mit dem Rücken zu ihr und hatte sie nicht gesehen. »Jetzt pass mal auf, du Wichtigtuer.

Du hast gesagt, es wäre alles in Ordnung. Ich habe alle Mängel behoben, die auf der Liste standen. Und dann gibt`s einen Toten. Wenn ich die Exit-Burg jetzt schließen muss, dann bleibt das nicht ohne Folgen für dich, Tischler! Ich verklage dich auf Schadenersatz! « Eric Johnson beendete das Telefonat und schmiss das Handy frustriert durch das offene Fenster der Beifahrertür. Er drehte sich um und schaute Cleo kurz an. Dann stieg er in sein Auto, knallte die Tür zu und fuhr mit quietschenden Reifen weg. Cleo hatte wie erstarrt dagestanden und schaute Johnson hinterher. Hatte er sie nicht erkannt? Dann fiel es ihr wie Schuppen von den Augen. Er hatte sie tatsächlich nicht erkannt, in ihrem Top und den zerrissenen Jeans. Sie hatte ihre kurzen, schwarzen Haare stachelig nach oben gegeelt, und war so ein völlig anderer Typ, als bei dem Eröffnungsspiel.

Johnson hatte mit Marc Tischler telefoniert. Und Tischler hatte die TÜV-Abnahme durchgeführt. War die Abnahme etwa nicht korrekt gewesen? Dieser Kerl war auf irgendeine Weise in den Fall verwickelt. Cleo wusste nur noch nicht, wie oder warum. Sie musste an weitere Informationen kommen.

Als sie mit Bob die Treppe hochkam, öffnete ihr Mario mir mürrischem Gesicht die Tür. »Hab das Bad geputzt, wie befohlen«, er salutierte vor Cleo. »Ach, und dein Freund war eben hier und hat einen USB Stick für dich abgegeben. Er hat gesagt, dass die Sicherheitsvorkehrungen ein Witz waren. « Er machte eine fahrige Handbewegung zum Flurtisch, auf dem Marios Schlüssel, und jetzt zusätzlich ein USB Stick, lagen. »Alles klar. Danke. « Cleo ignorierte den beleidigten Tonfall ihres Mitbewohners, schnappte sich den Stick und verzog sich in ihr Zimmer. Sofort fuhr sie den Laptop hoch und öffnete die erste Datei. Es war die Videoaufnahme, die während ihres Spiels aufgezeichnet worden war. Da Cleo dabei gewesen war, schaute sie sich das Video im Zeitraffer an. Marc war der einzige, der sich merkwürdig benahm. Sie bemerkte, dass Marc sich immer wieder die Hände nervös an seiner Hose abrieb, als wären sie schweißnass. Außerdem blickte er sich in jedem Raum um, als ob er verfolgt würde. Im Chemieraum sah man, wie er etwas auf einen Zettel schrieb und ihn später Cleo in die Hand drückte. Cleo rannte zum Wäschekorb und fischte die Hose heraus, die sie bei dem Spiel getragen hatte. Sie fand den kleinen, zerknüllten Zettel in der linken Hosentasche. Marc wollte sie wiedertreffen. Das war Cleos Chance ihn ein bisschen auszuhorchen. Allerdings musste sie einen möglichst öffentlichen Ort als Treffpunkt wählen - man konnte ja nie wissen.

Dann öffnete sie die Fotodatei. Das Foto war gruselig; man sah den abgetrennten Kopf mit den weit aufgerissenen Augen auf den Boden fallen. Der Körper hing leblos in der Guillotine. Cleo schloss die Dateien, zog den Stick aus dem Laptop und versteckte ihn zwischen ihrer Unterwäsche. Crunchy sollte keinen Ärger bekommen, nur weil er Cleo geholfen hatte. Viel weiter gekommen war sie nicht, aber die Idee, Marc nochmal zu treffen, machte ihr neuen Mut, doch noch etwas herauszufinden.

Ein sehr leckerer Duft zog aus der Küche zu ihr ins Zimmer. Cleo marschierte in die Küche, wo Mario gerade seine berühmte Gemüsepfanne kochte. »Mmmh, das riecht aber gut!«, säuselte Cleo. Als Mario nicht antwortete und sie komplett ignorierte, versuchte Cleo es mit einer Entschuldigung. »Hör Mal, es tut mir leid. Das mit dem Bad. Aber Bob hat gestunken und ich musste ihn abduschen.« Cleo lächelte ihn entschuldigend an. »Darf ich mitessen?«, fragte sie vorsichtig. Das war Marios Stichwort. »Natürlich. Das Gemüse ist alles Bio«, erklärte er voller Stolz.

Der Streit war vergeben und vergessen. Beim Essen erzählte Cleo von ihrem Vorhaben, Marc anzurufen, um sich mit ihm zu treffen. Mario war skeptisch. »Da gehst du aber nicht alleine hin. Wo triffst du dich mit ihm? «, fragte er nach. »Ich wollte ihm das Venga auf der Peterstraße vorschlagen. « »Sag mir Bescheid, wann genau. Dann verabrede ich mich mit einem Kumpel auch da und hab ein Auge auf dich und diesen mysteriösen Marc. « »Okay. Ich rufe ihn Morgen an. Heute wollte ich noch mit Mira telefonieren, aber vielleicht schreibe ich ihr auch eine Nachricht. Ich bin echt erledigt und geh früh schlafen! « Nachdem sie Mario geholfen hatte die Küche aufzuräumen, ging sie in ihr Zimmer und legte sich auf ihr Bett. Sie schickte Mira die Termine für den Feierabendmarkt und schrieb eine kurze Nachricht, in der sie vorschlug sich Montag, also Morgen, um drei Uhr auf dem Buttermarkt in der Eisdiele zu treffen. Keine Minute später kam die Antwort von Mira. Der Termin ginge klar. Anschließend informierte Cleo noch Theo, dass sie sich Morgen frei nehmen müsse. Sie musste vormittags zur Polizei und bräuchte ein bisschen Erholung nach dem anstrengenden Wochenende. Auch auf diese Nachricht bekam sie umgehend eine Antwort. Theo schrieb, dass er den Laden locker alleine schmeißen könne. Sie solle sich erholen und ihm dann später alles in Ruhe erzählen. Cleo lächelte. Sie war froh, so viele nette Freunde zu haben, auf die man sich einfach zu hundert Prozent verlassen konnte.

Kapitel 5

Als Cleo wach wurde, drehte sie sich müde nochmal um, bis ihr siedend heiß einfiel, dass sie heute den Termin bei der Polizei hatte. Sie sprang aus dem Bett und ging unter die Dusche. Kurz überlegte sie, dieselbe Perücke aufzuziehen, die am Samstag ihr Outfit komplettiert hatte. Sie entschied sich aber dagegen, sich in irgendeiner Form zu verkleiden; das würde nur unnötige Fragen aufwerfen. Dann ging sie in die Küche, machte sich einen Kaffee und setzte sich vor den Fernseher. Und tatsächlich wurde in den Lokal-Nachrichten schon fleißig berichtet und spekuliert, warum in Kempen jemand auf so grausame Weise sterben musste, ob es ein Terrorakt wäre oder ein Mord aus Leidenschaft.

Cleo musste fast lachen bei dieser Anspielung. Wenn jede enttäuschte Liebe mit so einer Tat enden würde, gäbe es viele kopflose Leichen, auch in Kempen. Manchmal wunderte sie sich über die Journalisten. Je weniger Fakten bekannt waren, desto blühender die Fantasie. Aber die Frage, die sich alle stellten, war: Wie kam der Täter an ein funktionierendes Fallbeil?! Sowas bestellte man nicht in einer Schmiede in der Umgebung. Entweder war das Plastikfallbeil manipuliert worden, oder der Täter hatte sich ein Fallbeil aus Metall im Darknet besorgt. Das konnte Cleo sich am ehesten vorstellen, da man dort anonym bleiben konnte. Damit kannte Cleo sich allerdings überhaupt nicht aus. Das war auf jeden Fall kein Mord im Affekt. Das war von langer Hand geplant. Cleo schaltete den Fernseher wieder aus.

Mario kam verschlafen aus seinem Zimmer und beschwerte sich: »Wieso guckst du so früh Fernsehen und dann auch noch so laut. Wie soll man bei dem Krach schlafen? « »Ach, weißt du, ich wollte dich ja sanft wecken, aber der Gestank in deinem Zimmer ist nicht zum Aushalten, da habe ich mich für diese Variante entschieden «, säuselte Cleo ihn lächelnd an. Mario streckte ihr die Zunge raus. »Du musst heute Vormittag mit Bob eine Runde laufen. Ich muss jetzt zur Polizei, wegen der Zeugenaussage. Ich bin doch ein bisschen nervös, obwohl ich ja nichts zu verbergen habe. Komisch, ne? «, fügte Cleo hinzu. Marios Gesichtsausdruck wechselte sofort von beleidigt zu besorgt. »Das schaffst du schon. Du hast doch nichts verbrochen, außer zur falschen Zeit am falschen Ort gewesen zu sein. Er klopfte ihr mitfühlend auf die Schulter und verkündete in feierlichem Ton: »Zur Feier des Tages lüfte ich auch mein Zimmer und «, er machte eine kleine Kunstpause, »staubsauge! « Mario grinste sie Beifall heischend an und Cleo fing an zu lachen. »Na, das ist ein Besuch bei der Polizei wert! «

Eine halbe Stunde später schnappte Cleo sich ihre Schlüssel und ihr Portemonnaie mit dem Personalausweis und machte sich auf den Weg. Sie nahm das Fahrrad. Kempen war eine Fahrradfahrer-Stadt. Sogar in der Fußgängerzone durfte man fahren und man sparte sich die lästige Parkplatzsuche. Die Polizeistation war schräg gegenüber vom Bahnhof und dort waren Parkplätze an Wochentagen noch knapper als anderswo in Kempen. Cleo schloss ihr Fahrrad immer doppelt ab, denn vor allem am Bahnhof wurden viele Fahrräder gestohlen. Eigentlich ziemlich dreist; mit der Polizei auf der anderen Straßenseite. Aber die Diebe wurden auch immer dreister. Letzte Woche hatte sie einen Artikel in der Zeitung gelesen, dass ein E-Bike direkt aus dem Fahrradladen Claaßen auf der Judenstraße geschoben wurde und der Dieb sich auf und davon machte. Der Auszubildende hatte dann die Verfolgung zu Fuß aufgenommen und den Mann samt Fahrrad auf dem Kempener Bahnsteig gestellt. Er wartete dort seelenruhig auf den Zug. Der Dieb war zu Fuß geflüchtet als er seinen Verfolger entdeckte, aber immerhin war das Fahrrad wieder da, das er bei seiner Flucht auf dem Bahnsteig zurückgelassen hatte.

Cleo marschierte die Treppenstufen zur Polizeiwache hoch und stieß fast mit einem Mann zusammen. Beide schauten auf und fingen an zu schmunzeln. Es war Korbinian, der braungebrannte, langhaarige, junge Mann, der auch bei der Eröffnung dabei gewesen war. Er musterte Cleo kurz, zeigte auf ihre Haare und urteilte:»Sehr cool!, Besser als die Frisur von neulich.« Er konnte sich Gesichter scheinbar bedeutend besser merken, als Eric Johnson, der sie auch nach genauerem Betrachten nicht erkannt hatte. »Hey, musst du auch deine Aussage machen? Bei mir hat das nicht lange gedauert. Frau Kommissarin wollte nur meinen Ausweis sehen. Ich war vorher noch nie in Kempen gewesen und kannte niemanden, also war meine Aussage ziemlich kurz. Unterschreiben und fertig «, grinste Korbinian Cleo an. Na, da hatte Cleo so ihre Zweifel, ob das bei ihr auch so schnell abgehakt sein würde. »Ach, und diesen Kommissar Mintze darfst du nicht so ernst nehmen. Der macht dauernd irgendwelche blöden Sprüche, die er wohl super-witzig findet «, bemerkte Korbinian. »Alles klar! Danke, vielleicht sieht man sich ja mal «, verabschiedete sich Cleo freundlich. Sie schaute ihm hinterher, wie er die Treppen runtersprang. Ein richtiger Sunny-Boy, dachte sie. Der hat bestimmt an jedem Finger zehn Mädels am Start.

Cleo drückte die Klingel und der Summer wurde betätigt. Ein Polizeibeamter empfing sie mit den Worten:»Sie müssen Frau Chouette sein. Kommissarin Gruber erwartet sie schon.« Er führte sie an der Zentrale vorbei, wo zwei weitere Polizisten vor den Funkgeräten und Telefonen saßen. Im hinteren Teil befanden sich mehrere Büros, deren Türen aber verschlossen waren. Die zweite

Tür rechts stand weit offen und dort dirigierte der Beamte sie nun hinein. »So, da sind wir schon. Kommissarin Gruber, ich bringe ihnen Frau Chouette. « »Danke «, nuschelte die Kommissarin ohne aufzublicken in Richtung Tür. »Bitte setzen Sie sich. « Sie deutete auf den Stuhl gegenüber des Schreibtischs. Cleo setzte sich und schaute sich kurz um. Das Büro hätte es so in jedem Amt geben können; weiß gestrichen, nüchtern, ein verschlossener Schrank, ein Schreibtisch und zwei Stühle. Der Schreibtisch war sehr aufgeräumt. Außer dem Computer-Bildschirm und einer Tasse mit Stiften, hatte Sandra Gruber nur einen Block mit handschriftlichen Notizen auf dem Tisch liegen. Keine Fotos von der Familie oder anderer Krimskrams. Vielleicht war das auch nicht erlaubt, überlegte Cleo. Keine Angriffspunkte aus dem persönlichen Leben. An der Innenseite der Tür hing ein Plakat der Polizei, mit dem sie Auszubildende werben wollte. Cleo fand den Platz etwas unglücklich gewählt. Sie schaute Sandra Gruber erwartungsvoll an. Dann wandte die Kommissarin ihren Blick Cleo zu und sie verzog erstaunt die Mundwinkel. Sie hatte sich schnell wieder im Griff und begrüßte Cleo freundlich. »Guten Tag! So sieht man sich wieder. Ich weiß, dass die Umstände nicht schön sind, aber das ist nun mal die übliche Verfahrensweise bei einem Mord. Wir nehmen von allen die Personalien und die Aussage auf, die dabei waren. « »Ja, das hatten Sie uns am Samstag ja schon mitgeteilt. Ich habe auch meinen Personalausweis dabei «, verkündete Cleo schnell. Die Kommissarin schmunzelte angesichts des Übereifers. »Keine Eile. Das wird später alles protokolliert. Sie sehen heute so anders aus!? Hat das einen bestimmten Grund? « Cleo wurde etwas unbehaglich zumute. Musste sie der Kommissarin ihre ganze Lebensgeschichte erzählen oder reichte eine profane Erklärung, wie: Ich verkleide mich gerne. Cleo beschloss einen Mittelweg zu nehmen. »Also, ich fühle mich manchmal einfach sicherer, wenn ich in eine andere Rolle schlüpfen kann. Das mache ich in neuen Situationen, in denen ich nicht weiß, was die anderen Leute von mir erwarten. Das ist ja nicht verboten und ich schade niemandem damit!«, fügte sie nervös hinzu. Sandra Gruber winkte lächelnd ab. »Nein, das ist nicht verboten. Aber Sie verstehen, dass wir in Anbetracht der Umstände allen Auffälligkeiten und Hinweisen nachgehen müssen.« Sie schaute in ihren Unterlagen nach und blickte Cleo dann direkt in die Augen. »Sie hatten das Opfer, Nick Melzer, vorher schon mal getroffen? Ist das richtig? Erzählen Sie mir bitte alles über diese Begegnung. Hat er sich auffällig verhalten? Wie wirkte er? Alles, woran Sie sich erinnern.« Cleo schluckte nervös und erzählte dann ausführlich von dem Morgen vor dem Mord. Als sie von dem Protest-Stand berichtete, hakte die Kommissarin nach. »Wie viele Personen standen noch dort? Könnten Sie diese Personen beschreiben?« Cleo schüttelte verunsichert den Kopf. »Nein, ich wollte ja eigentlich gar keinen Kontakt mit denen. Es waren zwei Frauen, ziemlich jung, und ein oder zwei Männer, glaube ich. Mehr kann ich dazu nicht sagen.« »Okay, das deckt sich mit den Aussagen anderer Zeugen«, beschwichtigte Frau Gruber sie. »Kannten Sie von den anderen Teilnehmern jemanden schon vorher?« Cleo überlegte. »Nein. Den Bürgermeister kannte ich natürlich vom Namen her, aber ich hatte noch keine Berührungspunkte vorher. Und die anderen Mitspieler hatte ich vorher noch nie gesehen.« Die Kommissarin wirkte etwas enttäuscht. Vielleicht hatte sie sich mehr Information erhofft. Sie tippte auf der Tastatur herum und schaute verwundert zwischen Bildschirm und Cleo hin und her. »Na, Sie haben aber mehr als eine Figur, in die sie sich verwandeln, was?«, sie drehte mit Schwung ihren Bildschirm zu Cleo um. Cleo wurde etwas blass um die Nase. Auf dem Bildschirm sah sie sich mit roten, langen Locken und rot-weiß geringeltem Shirt. Das Polizeifoto war ungefähr drei Jahre alt. »Sie haben mir gar nicht erzählt, dass Sie in unserer Datenbank schon erfasst sind!? « Die Kommissarin guckte sie streng an.

Cleo fasste sich wieder und fing an zu erklären. »Das ist doch schon drei Jahre her! Das hat mit diesem Fall gar nichts zu tun. « »Trotzdem möchte ich gerne wissen, was es damit auf sich hat «, konterte Sandra Gruber bestimmt. »Okay, ich erzähle es Ihnen. Ich hatte damals einen Freund, Ben, und « »Ben und wie weiter? «, fragte die Kommissarin nach. »Ben Schmitz. Wir waren zwei Jahre lang ein Paar. Wir wollten sogar zusammenziehen. Zum zweiten Jahrestag hatte er ein Schloss in Rot besorgt, unsere Namen und unser Kennenlerndatum eingravieren lassen und dann haben wir es zusammen an dem Gitter am Brunnen angebracht. Der Brunnen am Buttermarkt, Sie wissen schon, oder? « »Ja, da hängen inzwischen ziemlich viele Liebes-Schlösser. Und weiter?« »Wir haben den Schlüssel in den Brunnenschacht geworfen. Den braucht man ja nicht mehr, wenn die Liebe ewig hält «, Cleo schnaubte verächtlich. »Nur eine Woche später komme ich abends in Bens Wohnung-ich hatte einen Schlüssel- und er vöge…ich meine er hat Sex mit irgendeinem Flittchen. « Die Kommissarin nickte mitfühlend. »Ja, das kann passieren. Was ist dann passiert?« »Ich bin wutentbrannt nach Hause und habe mir von meinem Nachbarn einen Bolzenschneider geliehen. Ich hab mich umgezogen und die Perücke aufgesetzt, weil die Situation so demütigend war. Dann habe ich mir Mut angetrunken und, als es dunkel war, bin ich zum Brunnen und habe das Schloss entfernt. Ich habe aber keinem was getan, noch nicht mal Ben. Den hätte ich am liebsten einen Kopf kürzer gemacht oder ein anderes Körperteil…Das war jetzt nicht sooo gemeint! », fügte Cleo erschrocken hinzu. »Ich versteh schon, was Sie meinen. Wie ist es denn zu der Anzeige gekommen? « »Die kam nicht von Ben, sondern von den Anwohnern am Buttermarkt. Ich war wohl etwas laut bei der Aktion, weil ich das Schloss nicht sofort abbekommen habe und ich habe Ben laut schreiend verflucht. Es war ja inzwischen ein Uhr nachts «, schloss Cleo mit entschuldigendem Blick ihre Ausführungen. »Wegen einer Ruhestörung wird aber niemand in die Datenbank mit Foto aufgenommen «, entgegnete die Kommissarin mit fragendem Blick. Cleo druckste ein wenig herum. » Es könnte sein….ähm, dass ich den Bolzenschneider nach dem einen Polizisten geworfen habe », fügte Cleo verlegen hinzu. Die Kommissarin zog verwundert beide Augenbrauen hoch. »Na, Ihr Aggressionspotenzial scheint aber auch ganz schön hoch zu sein «, bemerkte Sandra Gruber. »Das war etwas überzogen, aber ich hatte wirklich eine schlimme Zeit hinter mir«, erklärte Cleo kleinlaut. »Okay. Das scheint nichts mit dem Fall zu tun zu haben. Vielen Dank für Ihre Ehrlichkeit! Anzeige wegen Ruhestörung und Widerstand gegen die Staatsgewalt, steht hier so auch in der Akte. Ihre Adresse habe ich ja schon. Wo arbeiten Sie denn gerade? « »Ich habe ein Tattoo-Studio direkt unter meiner Wohnung eröffnet. Es ist die gleiche Adresse. « » Sie wohnen doch direkt gegenüber der Burg. Ist Ihnen da etwas aufgefallen in den letzten Tagen? « Cleo überlegte kurz, ob sie den nächtlichen Besuch verschweigen sollte, doch sie entschied sich dagegen. »In der Nacht von Freitag auf Samstag ist mir tatsächlich etwas aufgefallen. Ich weiß nicht, ob es wichtig ist. Oder, ob es überhaupt etwas war. « Die Kommissarin reagierte ungeduldig. »Jeder Hinweis kann wichtig sein. Erzählen Sie schon. « Cleo berichtete, was sie gesehen hatte. »Der Einbrecher hat das Tor so leise zugemacht, dass ich dachte, es muss ein Mitarbeiter sein, der einen Schlüssel hat «, schloss sie den Bericht. »Das ist doch mal ein Hinweis, den man weiterverfolgen kann «, überlegte die

Kommissarin murmelnd. » Dann machen wir mal das Protokoll fertig. Warten Sie kurz. « Mit diesen Worten stand Sandra Gruber auf und ging aus dem Büro. Sie ließ die Tür offen, sodass Cleo auf den Flur und in das gegenüberliegende Büro gucken konnte. Sie erkannte Kommissar Mintze hinter dem Schreibtisch, der genau in diesem Moment den Kopf hob und sie anschaute. Er winkte fröhlich herüber und rief grinsend: »Ich komm gleich! Ich such nur noch schnell die Handschellen! « Schnell schaute Cleo weg. Sehr witzig. Aber Korbinian hatte sie ja schon gewarnt.

Es dauerte dann doch eine Viertelstunde, bis Cleo ihre Aussage unterschreiben konnte. Sie hatte der Kommissarin nichts von Marc Tischler und der zugesteckten Telefonnummer erzählt. Sie fand, das ginge Sandra Gruber nichts an. Außerdem hatte die Polizei das Video ja auch gesichtet und nicht danach gefragt. Wahrscheinlich dachten sie, dass der Zettel zum Rätsel gehört hatte. Cleo nahm sich vor, nachher bei Marc anzurufen. Vielleicht konnte sie etwas herausfinden, was die Polizei übersehen hatte. Sie hatte natürlich ihre privaten Ermittlungsversuche mit keiner Silbe erwähnt. Das hätte nur Ärger und wahrscheinlich ein Verbot zur Folge gehabt.

Nachdem Cleo die Aussage unterschrieben hatte, verabschiedete Sandra Gruber sich förmlich mit Handschlag von ihr. Auf dem Weg nach draußen lief Cleo an einem offenen, leeren Büro vorbei. Sie konnte direkt auf eine Pinnwand gucken, an der ein Zeitungsausschnitt hing: Polizei zerschlägt Drogenring. Das hatte Cleo auch gelesen, ungefähr Mitte Juni. Die hatten tatsächlich in dem beschaulichen Kempen eine Lagerhalle für Drogen ausfindig gemacht und im Zuge der Ermittlungen mehrere Leute festgenommen. Hier war ja ganz schön was los. Fahrrad-Diebstahl, einen Drogenring hochgehen lassen und jetzt auch noch ein Mord.

Cleo war froh diesen Termin hinter sich zu haben. Sie schwang sich auf ihr Fahrrad und fuhr zum Buttermarkt. Ihr Magen knurrte und sie hatte Heißhunger auf etwas Fettiges. Currywurst und Pommes! Auf dem Buttermarkt gab es den Marktgrill, ihre Lieblings-Pommesbude. Es war noch nicht so viel los, denn es war erst halb zwölf, daher saß Cleo fünf Minuten später schon zufrieden auf der runden Bank unter den Bäumen und genoss ihr Essen. Als sie fertig war, fuhr sie nach Hause, um Marc Tischler anzurufen. Der Zettel mit der Nummer lag noch auf ihrem Nachttisch.

Es klingelte nur zweimal, dann meldete sich eine Stimme mit: »Tilo Tischler? « Cleo stutzte und verglich die Nummer auf dem Zettel mit der gewählten. »Äh, hallo. Hier ist Cleo Chouette. Bin ich da richtig bei Marc Tischler? Wir haben uns am Samstag bei der Eröffnung der Exit-Burg getroffen, wo du mir deine Nummer gegeben hast. « Man hörte ein kurzes hektisches Atmen. »Ach du bist das. Natürlich bist du hier richtig. Ähm, ich melde mich öfter mit meinem zweiten Namen, weil.. «, er machte eine Pause, »weil das hier mein Privathandy ist. Ich versuche Berufliches und Privates voneinander zu trennen. Freunde nennen mich Tilo, aber bei der Arbeit bin ich nur unter meinem anderen Namen Marc Tischler bekannt. « Cleo wunderte sich über den Redeschwall des sonst so schüchternem Mannes. Es war wirklich merkwürdig. Das bestärkte Cleo in ihrem Vorhaben, herauszufinden, was mit Marc oder Tilo nicht stimmte. Hatte er etwas mit dem Mord zu tun? Sie verabredeten sich für Dienstagabend um 19 Uhr. Cleo schlug den Treffpunkt vor. Das Venga, ihre Lieblingsgaststätte, auf der Peterstraße. Dort gab es gutes Essen, eine nette Atmosphäre und vor allem viele Leute. Nachdem sie sich mit dem Namen mehrmals verhaspelt hatte, erklärte er ihr, sie solle ihn doch bitte Tilo nennen.

Nachdem Cleo aufgelegt hatte, fuhr sie ihren Laptop hoch. Sie googelte Marc Tischler. Er hatte einen Facebook-Account und stellte dort viele Fotos zur Schau. Fotos von Partys, von Urlauben auf Mallorca, betrunken mit Freunden am Strand oder mit jungen Frauen auf dem Schoß. Das hatte auf jeden Fall nichts mit seiner Arbeit zu tun und auch nichts mit dem schüchternen Mann, den Cleo kennengelernt hatte. Cleo gab den Namen und TÜV Rheinland ein und fand Marc Tischler tatsächlich mit Foto und Zuständigkeitsbereich als Mitarbeiter aufgelistet. Er war für fliegende Bauten zuständig, wie Cleo belustigt feststellte. Mit fliegenden Bauten waren eigentlich Karussels und andere Fahrgeschäfte gemeint. Die Schausteller einer Kirmes oder im Freizeitpark hatten mit diesen TÜV Mitarbeitern zu tun.

Sie fand heraus, dass ein TÜV-Gutachten für Escape-Rooms nach einigen Unfällen, teilweise sogar mit Toten, gefordert wurde. Einige Inhaber machten jetzt freiwillig eine TÜV-Abnahme, bevor es zur Pflicht wurde. Das war doch sehr löblich von Eric Johnson, dass er um die Sicherheit seiner Kunden so besorgt war. Aber irgendwas war dann ja doch schiefgelaufen. Cleo gab den Namen Tilo Tischler ein. Auch unter diesem Namen gab es einen Facebook-Account. Dort kam er aber ganz anders rüber, als unter dem Namen Marc. Dort hatte er nur wenige Fotos gepostet. Es waren Landschaftsaufnahmen, Urlaubsfotos am Strand, aber eindeutig nicht auf Mallorca geschossen. Obwohl es ja auch auf Mallorca solche naturbelassenen Ecken geben soll. Außer einem Profilfoto, war er auf keinem Foto in diesem Account zu sehen. Auch sonst tauchte unter dem Namen Tilo Tischler kein Foto oder Eintrag im Internet mehr auf. Das entsprach schon eher der Vorstellung, die Cleo von diesem Mann hatte. Alles sehr merkwürdig. Cleo würde ihm Morgen ein bisschen auf den Zahn fühlen.

Sie schaute auf die Uhr und stellte mit Schrecken fest, dass es schon 14:30 Uhr war. Um 15 Uhr war sie mit Mira in der Eisdiele Brustolon am Buttermarkt verabredet. Auch wenn Mira immer zu spät kam, für Cleo kam das nicht in Frage. Sie war immer pünktlich. Das war für sie eine Frage des Respekts gegenüber anderen Menschen. Mira verzieh sie die Unpünktlichkeit aber. Ihre Freundin machte die „akademische Viertelstunde" durch ihre wortreichen, ernst gemeinten Entschuldigungen wieder wett. So saß Cleo pünktlich um 15 Uhr draußen vor der Eisdiele und hatte sich schon einen Cappuccino bestellt, den sie genüsslich trank und sich dabei auf dem Buttermarkt umschaute. Neben der Eisdiele in ihrem Rücken, befand sich eine Foto-Lounge namens b14. Dort ließ Cleo jedes neue Tattoo, das sie sich stechen ließ, fotografisch in Szene setzen.

Daneben gab es das Kempener Kino, den Marktgrill und das Falko, eine Kneipe, die viele Tische auf dem Buttermarkt stehen hatte und vor allem zu Zeiten von WM und EM beliebt war, weil sie alle Spiele auf einer großen Leinwand übertrug. Rechts von Cleo befand sich das italienische Restaurant La Piazza und gegenüber war das Rathaus mit seinem Säulengang. Der Buttermarkt war von Platanen umgeben, sodass man im Sommer immer ein schattiges Plätzchen fand. Außerdem hatte jede Lokalität Sonnenschirme aufgestellt. Auch die Konditorei Peerbooms schräg gegenüber hatte viele Tische unter grünen Schirmen stehen, die fast immer voll besetzt waren. Der Brunnen mit dem fließenden Wasser und dem Drachentöter Georg darauf, zog fast alle Kinder magisch an. Die Kempener liebten den Buttermarkt, auf dem übers Jahr verteilt immer wieder Märkte und andere Veranstaltungen stattfanden. Wenn man hier einen Sitzplatz gefunden hatte, konnte man wunderbar das Treiben der vielen Menschen in Kempen beobachten, die hier zu Fuß oder mit dem Fahrrad vorbeikamen.

So wie jetzt gerade, als vier Mädchen, Cleo schätzte sie auf 15-16 Jahre, kichernd über den Marktplatz auf die Eisdiele zukamen. Drei von ihnen hatten High-wasted Hosen an. Ein Schnitt, bei dem die Hose bis fast unter die Brust hochgezogen wurde. Die Beine wirkten länger, aber dafür war der Oberkörper praktisch geschrumpft. Cleo mochte diese Mode nicht. Das vierte Mädchen hatte eine Hotpants und ein bauchfreies T-Shirt an. Zwei der Mädels waren blond und zwei hatten braune Haare. Die Vier schnatterten aufgeregt durcheinander. Cleo wunderte sich, dass sie überhaupt mitbekamen, was eine der anderen sagte. Sie steuerten den Tisch rechts von Cleo an, der gerade frei geworden war. In ihrem Gespräch ging es scheinbar um Jungs. Wer mit wem und seit wann zusammen war oder sein wollte. »Mit der Frisur auffem Kopf, sieht der voll bescheuert aus «, bemerkte eine von den vieren gerade. »Ey, Lena! Der braucht einen komplett neuen Kopf, bevor du mit dem zusammen sein kannst, oder ein Umstyling! «, rief eine der Blonden lachend aus. Die Angesprochene Lena verzog verächtlich den Mund. »Man ist doch nicht random einfach so mit jemandem zusammen. Wie peinlich bist du denn? « Das andere Mädchen mit den braunen Haaren meldete sich zu Wort: »Boah, apropos: braucht einen neuen Kopf. Habt ihr schon von dem Mord in Kempen gehört. In der neuen Exit-Burg ist einer geköpft worden. « Cleo horchte auf. Die drei Mädchen kreischten auf und ließen dann einen Fragesturm auf die Vierte herunterregnen: »Was? Wie ist das denn passiert? Kennen wir den Toten? Haben die den Mörder schon? Wie geköpft? Mit nem Schwert, oder was? Gibt's da Bilder von? Woher weißt du das? Jetzt red schon, Lilli!«

»Stop! «, rief Lilli, das Mädchen, das diese Fragen ausgelöst hatte. »Alles, was ich weiß, ist, dass der von einer Guillotine geköpft wurde. Bei der Eröffnung von der Exit-Burg. Der Kopf ist vor den anderen Mitspielern rumgekullert. Echt gruselig! Und jetzt versuchen die rauszufinden, woher das Fallbeil stammt. Und wer sich sowas besorgen kann und die Gelegenheit hatte, das da einzubauen. Ein Motiv hat die Polizei aber noch nicht. «»Woher weißt du das denn alles? «, fragte das etwas stillere blonde Mädchen. »Ach, Sofia. Meine Mutter ist doch Kommissarin und bearbeitet den Fall bei der Polizei. Die fragt mich oft um Rat, wenn sie nicht weiterweiß «, schloss Lilli ihren Vortrag grinsend. »Häh, echt jetzt? « »NEIN. Natürlich nicht. Die darf doch keine Infos an ihre Tochter weitergeben! Ich hab ein Telefonat mit ihrem Kollegen Rainer Mintze belauscht. « Alle lachten und auch Cleo konnte sich ein Schmunzeln nicht verkneifen. Die Mädchen bezahlten ihr Eis und standen auf.

Sie verschwanden hinter dem Brunnen mit den Liebes-Schlössern, genau in dem Moment, als Mira dort auftauchte. Sie winkte Cleo zu und beeilte sich sichtlich. »Hallo! «, rief sie schon von Weitem und Cleo war schon gespannt auf ihre Erklärung für das Zuspätkommen. »Du glaubst nicht, was mir passiert ist «, startete Mira, während sie sich setzte und den Kellner heranwinkte. »Ich wollte extra pünktlich Feierabend machen und hatte mir ein frisches T-Shirt zur Arbeit mitgenommen. Dann hätte ich nicht mehr nach Hause gemusst zum Umziehen, damit ich endlich mal pünktlich bin. In der KTU war noch zu viel los und die Klos sind zu klein, also bin ich in den Keller der Rechtsmedizin gegangen. Da ist es zwar schweinekalt, wegen der Leichen und so, aber da geht auch keiner freiwillig hin, außer Dorka Eisner: die Rechtsmedizinerin. Die war aber schon nach Hause gegangen. Ich hatte gerade die Bluse ausgezogen und wollte das T-Shirt anziehen, da kommt doch dieser vertrottelte Gehilfe von Dorka - weiß nicht wie der heißt - rein. Der hatte Blutproben in der Hand und als er mich gesehen hat, schreit er und schmeißt die Blutröhrchen im hohen Bogen auf mich drauf. So schlimm seh ich doch gar nicht aus, oder? Das ganze Blut auf dem frischen T-Shirt. So eine Sauerei. Da musste ich doch noch nach Hause, nachdem ich den zur Sau gemacht habe natürlich. « Cleo guckte Mira grinsend an und sagte nur: »Ist schon gut! « Der Kellner hatte wohl nur den letzten Satz mit dem Blut auf dem T-Shirt mitbekommen. Er musterte Mira mit unsicherem Blick. Sie bestellten beide einen Cappuccino und ein Spaghetti-Eis. Cleo berichtete Mira von dem Gespräch der Mädchen und fragte nach Lilli. »Ja, das war dann wohl Lilli Gruber, die Tochter von Kommissarin Gruber. Hoffentlich gibt das keinen Ärger bei denen zu Hause «, bestätigte Mira Cleos Vermutung. »Wie weit bist du denn mit der Guillotine und dem Fallbeil gekommen? «, fragte Cleo neugierig. »Och, du weißt, dass ich dazu nix erzählen darf, ne? Aber: Weil du es bist. Das hast du aber nicht von mir. An dem Fallbeil war das Blut von Nick und altes Blut, also ich mein richtig alt. Scheint so, als hätte das jemand aus einer Guillotine ausgebaut, die wirklich benutzt worden ist, um Menschen hinzurichten. Das ist ja schon krass, aber die Fallbeile haben alle unterschiedliche Maße, je nach Größe der Guillotine. Die Guillotine ist aber neu angefertigt worden für die Exit-Burg. Mit Sicherungsstoppern und Plastik-Fallbeil, damit es ungefährlich ist. Der Bauplan muss aber von einer alten Guillotine sein, sonst hätte das Fallbeil nicht so da reingepasst. Jetzt ist die Polizei auf der Suche nach der baugleichen Guillotine. « »Und wo gibt es überhaupt noch Guillotinen. Ich hab noch nicht mal im Museum eine in echt gesehen «, fragte Cleo nach. »Ne, die werden nicht so gerne ausgestellt, finden die wahrscheinlich pietätlos, oder so. Wobei…andere Waffen werden ja auch im Museum gezeigt, naja. Die wenigen erhaltenen Guillotinen stehen deshalb meist in den Archiven der Museen. «

Nachdem sie noch ein paar Neuigkeiten ausgetauscht hatten und sich für den nächsten Feierabend-Markt verabredet hatten, verabschiedeten sie sich. Cleo fuhr nach Hause. Sie war erschöpft von dem Tag. Aber sie hatte viele neue Informationen zusammengetragen. Sie musste rauskriegen, wer an so einen Bauplan kam, oder von wem Eric Johnson diese Guillotine hatte. Wer kannte sich mit Geschichte und Museen aus? Cleo fiel ein, dass ihre Oma Ilse Museumsbesuche liebte. Cleo nahm sich vor, sie morgen mal anzurufen oder besser noch, sie zu besuchen.

Kapitel 6

Am nächsten Morgen wachte Cleo gerädert auf. Sie hatte schlecht geträumt. Der kopflose Körper von Nick hatte sie quer durch die Burg gejagt und sie konnte noch so schnell rennen, ihre Füße kamen nicht vom Fleck. Schrecklich!

Cleo beschloss nach einer ausgiebigen Dusche zum Markt zu gehen. So konnte sie den Spaziergang mit Bob und das Einkaufen für das Mittagessen verbinden. In Kempen war jeden Dienstag- und Freitagmorgen Wochenmarkt in der Stadt. Es gab leckere türkische Spezialitäten, wie Schafskäsecreme, Oliven und Peperoni. Obst- und Gemüsestände, ein Fisch- und ein Fleischwagen waren genauso zu finden, wie ein Käse- oder Blumenstand, ein Bäckerwagen und die Eierfrau. Bob wartete bereits ungeduldig winselnd vor der Wohnungstür. Sie nahm den Weg durch die alte Schulstraße. Dort gab es viele denkmalgeschützte Fachwerkhäuser. Es sah ein bisschen aus, wie im Mittelalter. Der Straßenbelag bestand aus Kopfsteinpflaster und die Straße war, wie die gesamte Innenstadt, Fußgängerzone, in der Fahrradfahrer allerdings auch fahren durften. Vor den kleinen dichtgedrängten Häusern standen fast überall Bänke und Blumentöpfe. Auf einer Bank standen sogar zwei alte Koffer, die mit weißen Blumen bepflanzt waren. Außerdem gab es hier einen Uhrmacher, der Reparaturen aller Art durchführte. Cleo lief an einer alten Schwengelpumpe vorbei, die noch funktionierte, im Moment allerdings mit einem Vorhängeschloss gesichert war. Sie bog auf die Judenstraße ab und lief auf den Buttermarkt zu. Plötzlich hörte sie viele Kinderstimmen, die Bob bemerkt hatten und riefen: »Oh, guck mal, Frau Klippen-Sylteling, ein großer Hund. Kann ich den streicheln?« »Der ist ja süß, so einen will ich auch. « Es war eine ganze Kindergartengruppe, mit ihren drei Erzieherinnen. Die Kinder sahen ein bisschen so aus, als würden sie zu den Gelbwesten in Frankreich gehören. Alle hatten leuchtend gelbe Sicherheitswesten an und liefen Hand in Hand zu zweit die Kuhstraße entlang. Cleo musste grinsen. »Können wir jetzt zu dem Hund gehen, Frau Murmel? «, fragte ein kleines Mädchen ungeduldig die kleinste der Erzieherinnen. »Stopp, wir müssen erst fragen, ob der Hund Kinder mag, Emma «, erwiderte sie. Bob beantwortete die Frage mit einem wilden Schwanzwedeln. Er zog in Richtung der Kinder und wollte sich seine Streicheleinheiten abholen. Cleo lachte. »Ja, der Hund heißt Bob und er liebt Kinder! « »Siehst du, Frau Bärku, du brauchst keine Angst haben. Und ich pass auf dich auf «, erklärte ein Junge der dritten Erzieherin, die ängstlich zurückgewichen war, als Bob näherkam. Er fasste sie an der Hand und zog sie zu Bob. »Ich zeig dir, wie das geht, guck mal. « Der Junge wuschelte Bob über den Kopf und die Erzieherin fing vorsichtig an zu lächeln. »Na, wenigstens hat er kein schwarzes Fell «, meinte sie, »vor großen, schwarzen Hunden habe ich noch mehr Angst. « »Sie wissen aber schon, dass das Wesen des Hundes nichts mit der Fellfarbe zu tun hat, oder? «, entgegnete Cleo grinsend. »Und auch nicht mit der Größe. « Alle Kinder umringten inzwischen Bob und streichelten ihn. Bob warf sich auf den Rücken und streckte alle Viere von sich, damit die Kinder auch den Bauch kraulen konnten. »So, jetzt müssen wir aber weiter. Wir wollten doch auf dem Markt einkaufen gehen «, rief Frau Klippen-Sylteling die Kinder wieder zusammen. »Genau, wir kochen Gemüsesuppe! «, erklärte ein Mädchen Cleo. »Und dafür gehen wir einkaufen. Kannst du auch Gemüsesuppe kochen? « Cleo erklärte, dass für Gemüsegerichte ihr Mitbewohner Mario zuständig sei und sie lieber Fleischgerichte kochte. Die Kinder redeten plötzlich alle

durcheinander. »Das heißt nicht Mitbewohner, das heißt Mann. «
»Bei uns kocht nur die Mama, der Papa kann sowas nicht « »Man
muss auch Gemüse probieren, nicht nur Fleisch! « »Warum bist
du eigentlich so angemalt? Hat deine Mama das erlaubt? « Ein
kleiner Junge zeigte auf die Tattoos auf Cleos rechtem Arm. Die
ängstliche Erzieherin, Frau Bärku, unterbrach das Ganze. »So,
jetzt geht`s weiter, sonst ist der Markt vorbei, wenn wir da sind. «
Alle verabschiedeten sich von Bob, stellten sich wieder auf und
liefen dann geordnet in einer Zweierreihe weiter zum Buttermarkt.
Cleo blickte ihnen hinterher. Was für ein Job! Die sind ja schwerer
zu hüten, als ein Sack Flöhe. Und dann noch diese Lautstärke den
ganzen Tag.

Cleo war froh, dass sie ihr Studio erst um zehn Uhr aufmachte. So
hatte sie die Möglichkeit zum Wochenmarkt zu gehen. Meist sah
man immer die gleichen Gesichter wieder, aber ihre Freunde
mussten um diese Zeit alle arbeiten, außer Mario; aber der schlief
noch. Sie kaufte Käse, Gemüse und Bio-Eier. Nachdem sie durch
die aufgebauten Stände geschlendert war, setzte sie sich vor die
Eisdiele und orderte einen Cappuccino. Sie hatte erst um elf Uhr
einen Termin im Studio und konnte sich Zeit lassen. Cleo ließ den
Blick schweifen und sah Marc Tischler auf der anderen Seite des
Martindenkmals. Sie hatte ihn immer noch unter diesem Namen
abgespeichert. Er schaute sie an und sie winkte ihm freundlich zu.
Er drehte den Kopf, um hinter sich zu schauen und ging dann
kopfschüttelnd zum nächsten Gemüsestand. Er ignorierte Cleo
völlig. Das ärgerte sie sehr. Was sollte das denn? Das Telefonat
war zwar etwas merkwürdig gelaufen, aber dieses Verhalten fand
sie unmöglich. Außerdem waren sie doch heute Abend verabredet.
Oder hatte er vor, die Verabredung platzen zu lassen? Als Cleo
wieder aufschaute war Marc oder Tilo - wie sie ihn ja nennen
sollte- vom Erdboden verschluckt. Sie bezahlte ihren Cappuccino

und machte sich auf den Weg nach Hause. Kurz vor der Haustür klingelte ihr Handy. Es war die Telefonnummer vom Altenheim. Cleo wunderte sich. Sie hatte vorgehabt ihre Oma später zu besuchen, aber das Altenheim meldete sich sonst nie. Cleo ging ran und hörte eine aufgeregte Stimme. »Frau Chouette, ich kann Herrn Mühlstein nicht erreichen und sie sind als Notfallkontakt angegeben…« David Mühlstein war Cleos Vater, der aber zurzeit in der Karibik Urlaub machte. »Was ist passiert? Ist was mit Oma Ilse? «, fragte Cleo ängstlich dazwischen. Ihre Oma war inzwischen zwar 82 Jahre alt und eigentlich fit wie ein Turnschuh, aber in dem Alter wusste man ja nie so genau. »Nichts gesundheitliches «, beruhigte die Pflegerin Cleo. »Ihre Oma hält sich hier nur nicht an die Regeln «, beschwerte sie sich. Na, das war ja jetzt nichts Neues, dachte Cleo belustigt. Mal sehen, was sie jetzt wieder ausgeheckt hat. Oma Ilse hatte schon immer ein loses Mundwerk gehabt und ihre Meinung kundgetan, ob es gerade passte oder nicht, war ihr dabei ziemlich egal. Sie war ein toller, humorvoller Mensch, der Cleo bei jeder ihrer Ideen unterstützt hatte. »Ihre Oma hat gestern Nacht heimlich ihre komplette Kleidung in das Nachbarzimmer gebracht und dort in den Schrank eingeräumt. « »Aha! «, antwortete Cleo ratlos. »Als wir sie zur Rede gestellt haben, hat sie gesagt, sie wolle das Einzelzimmer beziehen. « Daher wehte der Wind. Oma Ilse musste sich ein Zimmer mit Erna Blümke teilen. Die Einzelzimmer waren heiß begehrt, aber rar. »Naja, Sie wissen doch, wie gerne sie alleine im Zimmer wäre. Frau Blümke schnarcht ihr zu laut. Die Methode, sich das Zimmer zu sichern, ist sicherlich unkonventionell, aber ich verstehe nicht, wo genau das Problem liegt. « »Das kann ich Ihnen sagen: Ihre Oma hat nicht nur mit dem Rollator die Kleidung rübergeschoben, sie hat auch Herrn Webers Kleidung und alle anderen Habseligkeiten in einen Karton gepackt! Verstehen Sie mich? Herr Weber bewohnt das Zimmer noch!« Cleo fing lauthals an zu lachen. Ihr liefen die Tränen übers Gesicht, während sie am anderen Ende der Leitung eine empörte Stimme darüber informierte, dass sie heute zum Altenheim kommen müsse, um diese Sache rückgängig zu machen, da ihre Oma sich weigerte, ihre Kleidung zurückzuholen. Cleo versprach, immer noch lachend, so schnell wie möglich zu kommen; direkt nach ihrem elf Uhr Termin. Sie stand immer noch im Hausflur, wo der Anruf sie überrascht hatte. Sie kramte nach ihrem Schlüssel, fand ihn aber nicht. Kurzentschlossen klingelte sie ihren Mitbewohner aus dem Bett. Schlurfende Schritte näherten sich der Tür und ein ziemlich verschlafener Mario öffnete, schaute sie an und fragte: »Wieso hast du so gute Laune am frühen Morgen? « Cleo berichtete von dem Anruf und Mario kringelte sich vor Lachen, genauso wie Cleo vorher. »Liegt der schon im Sterben? Oder wollte deine Oma nachhelfen, um an das Zimmer zu kommen? « »Keine Ahnung! Ich muss heute Mittag dahin und die Sache wieder ausbügeln. «

Nach einem netten, gemeinsamen Frühstück ging Cleo runter ins Tattoo-Studio. Theo war schon da und begrüßte sie fröhlich grinsend. Auf seiner Liege vor ihm saß ein junger Mann mit entblößtem Oberkörper. Soweit Cleo es sehen konnte, hatte er noch keine Tattoos; bis jetzt. Er hatte sich einen Löwenkopf ausgesucht, der auf den linken Oberarm kommen sollte. Das Bild hatte sich Theo an die Seitenwand des Paravents gehängt, der zum Schutz vor neugierigen Blicken diente. Während Theo mit surrender Nadel und ruhiger Hand das Tattoo stach, verzog der junge Mann das Gesicht und schwitzte. »Brauchst du ne Pause? «, fragte Theo ihn. »Nein, nein, geht schon «, kam hinter zusammengebissenen Zähnen hervor. Bloß keine Schwäche zeigen, dachte Cleo spöttisch. Keine zehn Minuten später bat er dann doch um eine kurze Pause. In diesem Moment kam Cleos Kundin herein. Sie hatte sich vor zwanzig Jahren einen Kolibri auf das Schulterblatt stechen lassen, der im Laufe der Zeit ziemlich verblasst war. Sie wollte ihn gerne nachstechen lassen. Das hatte sie am Telefon schon angekündigt. Cleo suchte die Infoblätter und den unvermeidbaren Vertrag heraus. Da tätowieren eine Körperverletzung darstellte, musste jeder Kunde den Vertrag unterschreiben und sich mit den Risiken einverstanden erklären. Dafür musste er auf jeden Fall nüchtern und über achtzehn Jahre alt sein. Cleo verstand nicht, warum manche Tätowierer Menschen Tattoos stachen, die eindeutig betrunken waren. Das brachte die Szene in Verruf und viele schwachsinnige Tattoos zum Vorschein, die sich die Leute bei klarem Verstand nie ausgesucht hätten. Nachdem die Kundin alles gelesen und unterschrieben hatte, suchte Cleo einen Kolibri heraus, der dem alten Tattoo sehr ähnlich war. »Den kann ich überstechen, sodass man von dem alten Tattoo nichts mehr sieht. Wenn die Form stark verändert wird, müssten wir ein größeres Cover-Up stechen «, erklärte Cleo der Frau, die sich sofort für den kleinen Kolibri entschied.

Der Paravent trennte beide Liegen voneinander und Cleo hörte, dass Theo weiter an dem Löwenkopf arbeitete. Auf einmal rief er: »Ach du Scheiße! « Der junge Mann keuchte entsetzt auf und fragte hektisch: »Was ist los? « »Ich glaub, ich hab zu Hause die Herdplatte angelassen «, beendete Theo seinen Satz. »Mann, lass den Scheiß! « Der Kunde fand das nicht sehr witzig, im Gegensatz zu Theo, der lachend weiterarbeitete. »Theo! «, rief Cleo mit warnender Stimme. »Vergraul uns nicht die Kunden! « Der Kolibri war nach zwanzig Minuten fertig und die Kundin war sehr zufrieden. Zehn Minuten später war die Sitzung für den jungen Mann auch geschafft. Er würde noch einmal wiederkommen müssen, um das Tattoo fertig stechen zu lassen. Cleo erzählte Theo von Oma Ilses Ärger im Altenheim und dass sie jetzt dorthin fahren müsse. Theo amüsierte sich auch über die Geschichte und versicherte ihr, alleine klar zu kommen.

Cleo lief die Treppen im Altenheim hoch in den zweiten Stock. Das Treppenhaus wirkte, wie der Rest des Gebäudes alt und verwittert. Vor kurzem hatte Cleo in der Zeitung gelesen, dass das Von-Broichhausen-Stift 50-jähriges Bestehen gefeiert hatte. Die Betreuung der älteren Mitbürger war hier gut durchorganisiert und die Pfleger und Pflegerinnen alle sehr nett. Es gab Karnevalssitzungen, Kegelabende auf der hauseigenen Bahn und andere kulturelle Veranstaltungen. Oma Ilse fühlte sich hier wirklich gut aufgehoben. Das einzige, was sie zu bemängeln hatte, waren die wenigen Einzelzimmer. Letztens hatte Cleo in der Zeitung gelesen, dass das Gebäude abgerissen werden sollte, weil sich eine Sanierung nicht rechnen würde. Dann würde ein neues Gebäude am Schmeddersweg gebaut werden. Cleo klopfte an Oma Ilses Tür und trat ein, ohne auf Antwort zu warten.

Oma Ilse saß auf ihrer Bettkante und blickte auf. Als sie Cleo sah, strahlte sie sie an. »Hallo, Kindchen! Dein Anblick ist ja ma wat Erfreuliches heute. Hier is heut miese Stimmung. « »Hallo, Oma. Was machst du denn für Sachen? Hast du wirklich alles heimlich rübergebracht? Ich hab gehört, dass das Zimmer noch bewohnt ist.« »Ah watt, bewohnt. Der machtet nich mehr lang, der alte Weber. Die solln ma nich son Fass aufmachen. Außerdem hat dat Fucki gemacht. Ich musste drei Mal hin und her kajückeln, um alles auffem Rollator rübber zu bugsieren. Und keiner hat wat gemerkt. Kannze ma sehn, wie flott deine Oma noch unterwegs is. « Cleo musste grinsen, bei der Vorstellung, wie Oma Ilse mit voll beladenem Rollator über den Flur geschlichen war. »Wir müssen jetzt trotzdem alles wieder zurückräumen «, informierte Cleo ihre

Oma ruhig. »Wenn das Zimmer wirklich frei wird, kannst du ja noch Mal einen Versuch starten. Bis dahin hältst du die Füße still. Versprichst du mir das? « »Ja, is ja schon gut. Dann komm inne Pötte mit rübberräumen. Und dann kannze mir ein paar Neuigkeiten vertellen. « Nachdem Cleo alle Kleidungsstücke wieder in Oma Ilses Schrank und Herrn Webers Sachen in seinen geräumt hatte, fing Oma Ilse, wie bei jedem Besuch, mit ihrem Lieblingsthema an. »Hasse jetz eingslich ma nen Freund? Du weißt, ich warte auf Enkelchen. « »Nein, Oma. Ich habe zur Zeit keinen Freund und Kinder sind auch noch nicht in Sicht. « »Du machset immer so kompliziert mit de Männers. « »Oma Ilse, können wir mal das Thema wechseln? Ich hab da mal ne Frage: Du gehst doch gerne ins Museum, so mit Führung und so? Weißt du, wo es hier in der Nähe im Museum eine Guillotine gibt? «, fragte Cleo, um vom Thema Männer abzulenken, aber sie hatte die Rechnung ohne Oma Ilse gemacht. »Wozu brauchse ne Guillotine? Wennze mit einem Palaver has, kannze den verklöppen, aber nich köppen. « Oma Ilse kicherte angesichts des lustigen Reimes. »Sehr witzig! Hast du noch nichts von dem Mord gehört? In der Burg ist jemand geköpft worden und in der Guillotine war ein altes, echtes Fallbeil verbaut. « Oma Ilse war immer bestens informiert. Sie wohnte seit ihrer Geburt in Kempen und kannte so ziemlich jeden. Sie tratschte für ihr Leben gern und bekam so alle Infos, die sie interessierten. »Und jetz willze dich da einmischen? Mach dat ja nich. Viel zu gefährlich. « Oma Ilse drohte ihr mit dem Zeigefinger. Cleo erzählte ihr die ganze Geschichte von Anfang an. Am Ende hatte sie Oma Ilse soweit, dass sie ihr helfen wollte, aber nur, wenn sie mit ermitteln durfte. Cleo stimmte widerwillig zu. »Sag mal, Oma. Gibt es hier in der Umgebung ein Museum, das eine Guillotine ausstellt? Oder zumindest eine im Archiv stehen hat? « Oma Ilse dachte angestrengt nach und rief dann plötzlich: »Ja, warte mal, mir schwant da was. In Bonn hab ich doch vor en paar Monaten sone Führung mitgemacht. Bei denen heißt dat übrigens Begleitung «, kicherte ihre Oma, »wahrscheinlich damit die nich „Führer" sagen müssen, sondern Begleiter. « Cleo grinste. »Und da hast du eine Guillotine gesehen? «, fragte sie neugierig nach. »Jetz warte doch mal. Also: Wir hatten da sonen netten Führer - Begleiter, mein ich natürlich - der hieß Günther. Wir durften abba Günni zu dem sagen. Wie hieß der noch mit Nachnamen?.... « »Das ist doch jetzt nicht wichtig! «, entgegnete Cleo ungeduldig. »Bei nem Mordfall is alles wichtig, jeder Hinweis zählt! «, bemerkte Oma Ilse streng. »Naja, ich komm noch drauf! Der hat auf jeden Fall von ner Guillotine erzählt. Sehen konnten wir die nich, die steht irgendwie eingepackt im Keller vom Museum. Cleo nickte. »Wenn die in der Ausstellung steht, kann man ja das Fallbeil auch nicht unbemerkt austauschen. « »Hah, jetz habbich et: Gerbermann, so hieß der mit Nachnamen. Na wat sachse, is deine Oma auf Zack, oder wat? « »Ja, du tuses noch ganz gut «, witzelte Cleo. »Vielleicht ruf ich mal im Museum in Bonn an und frag, ob das Fallbeil noch da ist!?«, überlegte sie nachdenklich. »Die sagen dir doch nix. Du bis ja nich vonne Polizei. « »Naja, das wissen die doch nicht. Muss ich denen ja nicht auf die Nase binden! « »Also, ich weiß nich, machse dich da nich strafbar mit? «, fragte Oma Ilse besorgt. »Ach. Das kriegt doch keiner mit. «

Cleo suchte mit dem Handy schon die Telefonnummer des Museums heraus. Sie brachte Oma Ilse mit einer Handbewegung zum Schweigen, als es klingelte. Nach ein paar Sekunden hörte sie eine Ansage vom Band: »Sehr geehrte Besucher, das Haus der Geschichte ist zurzeit wegen Reparaturarbeiten bis auf weiteres geschlossen. Sobald der Hagelschaden an unserem Glasdach ausgebessert wurde, öffnen wir unsere Ausstellungsräume wieder für Sie. Auf unserer Internetseite informieren wir Sie natürlich sofort, wenn die Reparaturarbeiten beendet sind. Vielen Dank für Ihr Verständnis! « Cleo legte erstaunt auf und erzählte Oma Ilse, was sie erfahren hatte. »Wenn dort gerade keine Besucher herumlaufen, könnte der Mörder sich vielleicht als Bauarbeiter eingeschleust und dann das Fallbeil ausgebaut haben «, überlegte Cleo. Oma Ilse widersprach dieser Theorie. Sie meinte, dass der Baufirma jemand Unbekanntes sofort aufgefallen wäre. Und das so ein Fallbeil ja auch fast vierzig Kilo wiegt. Das steckt man nicht einfach in seinen Rucksack. Cleo musste zähneknirschend zustimmen. Aber ihr Bauchgefühl sagte ihr, dass die Schließung des Museums und das Verschwinden des Fallbeils irgendwie zusammenhingen.

Nachdem sie Oma Ilse das Versprechen abgerungen hatte, keine Umräum-Aktionen mehr zu starten und sie im Gegenzug dazu versprach, Oma Ilse auf dem Laufenden zu halten, drückte Cleo ihre Oma und machte sich auf den Weg.

Sie wollte heute Nachmittag mit Mario zusammen kochen und heute Abend stand ja auch noch das Treffen mit Marc an. Sie war gespannt, was hinter dem komischen Verhalten von Marc, bzw. Tilo steckte. Vielleicht hatte er ja doch eine gute Erklärung parat.

Kapitel 7

Cleo hatte hin und her überlegt, wie sie zu dem Treffen auftauchen sollte. Tilo hatte sie bei dem Exit-Spiel verkleidet kennengelernt. Ob er ein Problem damit hätte, wenn sie jetzt als völlig anderer Typ zur Verabredung kam. Cleo schüttelte den Kopf. Das konnte ihr doch egal sein, wie er mit ihrem neuen Aussehen zurechtkam. Wenn er sie mochte, musste er sie so nehmen, wie sie war. Sie entschied sich für ihren persönlichen Freizeitlook; Jeans, schwarzes T-Shirt und kurze strubbelige Igelfrisur.

Als sie gerade zur Tür raus wollte, kam Mario aus seinem Zimmer und rief ihr zu: »Warte, bin gleich soweit! Ich habe Andreas überredet auch ins Venga zu gehen und dort ein Bierchen zu trinken « »Na ja, ist vielleicht nicht so gut, wenn wir gemeinsam dort auftauchen. Sieht irgendwie komisch aus, wenn ich zu einer Verabredung mit ´nem anderen Mann erscheine «, warf Cleo ein. »Ich geh schon Mal vor!« Ohne auf eine Erwiderung zu warten, warf sie schnell die Tür hinter sich zu und eilte die Treppe hinunter. Marios Beschützerinstinkt in allen Ehren, aber sie traf sich ja nicht in einer verlassenen Fabrikhalle mit Tilo, sondern in einer Kneipe voller Leute.

Und tatsächlich waren fast alle Tische besetzt, als Cleo wenig später ankam. Cleo schaute sich um und entdeckte Tilo an einem Tisch neben der Theke. Na, pünktlich war er schon Mal. Er schaute auf, guckte ihr in die Augen und erkannte sie anscheinend, denn sofort winkte er sie zu sich und lächelte sie strahlend an. Cleo zog ihre Jacke aus und hängte sie an die Garderobenhaken an der Tür. Komisch, auf dem Markt hatte er sie nicht erkannt, selbst als Cleo ihm zugewunken hatte. Sie ging zum Tisch und setzte sich

Tilo gegenüber. »Hallo, Cleo! Gefällt mir...Dein neues Styling, meine ich. Irgendwie natürlicher. Nicht, dass du mir am Samstag nicht gefallen hättest, ähm. Da sahst du auch umwerfend aus «, verhaspelte er sich. Cleo musste lächeln. Das war ja eine sympathische Begrüßung. »Hallo, Tilo. Oder doch Marc? Das habe ich immer noch nicht so ganz verstanden «, fügte Cleo hinzu. »Nein, nein, Tilo bitte «, entgegnete er schnell und wurde rot. »Was möchtest du trinken? «, fragte er zuvorkommend. Cleo bestellte ein Alster. Tilo wirkte nicht mehr so unscheinbar, wie Cleo ihn von Samstag in Erinnerung hatte. Er hatte ein hellgrünes Hemd an, das ihm wirklich gut stand. Er wirkte auch viel selbstbewusster, vielleicht, weil sie so strahlend anlächelte. Als die Getränke kamen und sie sich zugeprostet hatten, schaute Cleo ihn fragend an. »Na dann Mal raus mit der Sprache: Wieso hast du zwei Vornamen, die du zu unterschiedlichen Zeiten benutzt? « Cleo hatte sich überlegt, einfach zum Angriff überzugehen und direkt zu fragen. Tilo wurde schon wieder rot und fing an zu stottern. Soviel zu dem neuen Selbstbewusstsein, dachte Cleo. »Also, das hat mit meinen Arbeitskollegen zu tun. Das sind so Partylöwen. Und um da besser reinzupassen, habe ich mein Profil irgendwie angepasst. « Das klang in Cleos Ohren wie auswendig gelernt. Und wer benutzte heute noch das Wort Partylöwe? Sie setzte gerade zu einer neuen Frage an, da unterbrach Tilo sie. »So, genug über mich geredet! Was machst du denn so? In deiner Freizeit? Was arbeitest du? « Cleo wunderte sich. Normalerweise erzählten Männer gerne über sich. Na ja, vielleicht war Tilo einfach anders als andere Männer. Bis jetzt fühlte sie sich mit Tilo ganz wohl. Wäre da nur nicht die leise Stimme in ihrem Hinterkopf, die sagte, dass irgendwas mit ihm nicht stimmte. Cleo schob den Gedanken beiseite und erzählte von ihrem Tattoo-Studio, von Tattoo-Theo, ihrem Mitbewohner und ihrer Oma Ilse.

Während sie erzählte, ließ sie ihren Blick schweifen und entdeckte Mario. Er saß direkt an der Balustrade oben und zwinkerte ihr verschwörerisch zu. Cleo schaute schnell wieder weg. Tilo erzählte, hörte ihr zu und flirtete mit ihr, und es gefiel Cleo, dass er so ein aufmerksamer Zuhörer war. Irgendwann kam das Gespräch auf das Exit-Spiel und den schrecklichen Mord am Samstag. Cleo erzählte von ihrem Besuch bei der Polizei und dass sie Korbinian getroffen hatte. Tilos Befragung war auch am Montag gewesen. »Ich konnte der Kommissarin auch nicht wirklich weiterhelfen. Ich habe ihr den TÜV-Bericht gegeben. Da war aber alles in Ordnung. Ich hatte doch Freitag die abschließende Prüfung in der Burg gemacht und nichts Auffälliges entdeckt. Alle Mängel waren behoben worden. « »Welche Mängel? «, platzte Cleo heraus. »Nichts mit der Guillotine! «, entfuhr es Tilo erschrocken. »Da ging es um die Dichtungsringe im Chemieraum, die ausgetauscht werden mussten und die Vorsichtsmaßnahmen im Kletter-Turm. Herr Johnson wollte die Mitspieler ohne Fachpersonal klettern lassen. Das hat er dann geändert, wie wir ja erlebt haben. « »Okay, die Guillotine war also in Ordnung? Wie sah das Fallbeil denn aus? «, fragte Cleo neugierig nach. »Täuschend echt. Aber ich habe es bei der Prüfung angefasst, dagegen geklopft und sogar angehoben. Eindeutig Plastik, und ganz leicht. Das hätte niemanden köpfen können! «, bestätigte Tilo Cleos Verdacht, dass der nächtliche Besucher wahrscheinlich das Fallbeil kurz nach der TÜV-Prüfung ausgetauscht haben musste. »Kanntest du eigentlich die Leute von der Bürgerinitiative? « Cleo hatte einfach ins Blaue geschossen mit der Frage, doch Tilos Reaktion war ziemlich extrem. »Von denen war das keiner! «, rief er aus. »Selbst Nick, der wirklich mit Herzblut für den Erhalt der Burg gekämpft hatte, hätte es niemals mit roher Gewalt versucht. « »Wieso bist du davon so überzeugt?

Du kanntest Nick also vorher schon? Und die anderen? «, überfiel ihn Cleo mit Fragen. Tilo setzte zu einer Erklärung an. »Ja. Ich kannte Nick flüchtig. Ich war Mal bei einem Treffen der Bürgerinitiative. Kathi hatte mich überredet mitzukommen. « »Moment, wer ist Kathi? «, fragte Cleo nach. »Katharina Brandauer, eine frühere Freundin, also meine Ex-Freundin…Aber da läuft nichts mehr! «, warf Tilo ein. Dann fuhr er fort. »Bei dem Treffen war Nick auch da. Er und Kathi haben die Bürgerinitiative ins Leben gerufen und waren auch privat ein Paar. Die beiden hatten gute Ideen und haben viel Einsatz gezeigt. Aber sie hätten nie eine gewalttätige Aktion geplant. Abgesehen davon, hätte Nick dann seinen Kopf wohl kaum in die Guillotine gesteckt! «, schloss Tilo resigniert. Dieser Logik konnte Cleo kaum widersprechen. Cleo schaute Tilo nachdenklich an. »Was ist? «, fragte er mit hochgezogenen Augenbrauen. »Also: Kathi war deine Freundin. Dann trennt sie sich und kommt mit Nick zusammen. Und dann besitzt sie auch noch die Dreistigkeit, dich für ihr gemeinsames Projekt einspannen zu wollen. Da kann man als eifersüchtiger Mensch schon Mal eine Tat im Affekt begehen und den neuen Liebhaber aus dem Weg räumen « Tilo war bleich geworden. »Du glaubst doch nicht im Ernst, dass ich ein Mörder bin? «, rief er entsetzt aus. An den umliegenden Tischen war es ruhig geworden und alle Köpfe hatten sich zu ihnen gedreht. Cleo schaute alarmiert hoch. Mario war schon aufgesprungen, als Cleo ihm mit Handzeichen zu verstehen gab, dass er sich wieder setzen solle. »Ich bin kein eifersüchtiger Mensch, außerdem habe ich mich getrennt. Es passte einfach nicht. Aber wir sind immer noch befreundet. Zu so einer Tat wäre ich nie fähig. Bitte, glaub mir! « »Ist ja schon gut! Ich glaube nicht, dass du der Mörder bist. Das hat jemand von langer Hand geplant. Und keiner wusste, wer als erstes seinen Kopf in die Guillotine steckt. « Tilo war sichtlich erleichtert. »War bei der Versammlung vielleicht noch jemand dabei, der gewaltbereiter war, als Nick und Kathi? «, griff Cleo das Thema noch einmal auf. »Weiß ich nicht so genau. Ich war nur einmal da. Und selbst wenn, ich habe nur Vornamen mitbekommen. Viele junge Leute, die alle durcheinandergeredet haben. Es gab einen Benjamin, eine Leyla, einen Heinrich und Nick und Kathi. Die haben meistens gesprochen. « Cleo seufzte. Das mit dem Ermitteln war nicht so einfach, wie sie sich das vorgestellt hatte. »Langweile ich dich? Oder warum seufzt du? «, fragte Tilo alarmiert. Cleo lachte. »Also, wenn unser Date eins nicht ist, dann ist es langweilig! « »Na, dann bin ich ja beruhigt, weißt du.. «, Tilo druckste ein bisschen herum, »Ich finde dich echt toll und.. « In diesem Moment klingelte sein Handy, er schaute kurz drauf und wurde schon wieder bleich. »Tschuldige, muss ich kurz ran «, nuschelte er. Cleo musterte ihn neugierig. Was war denn jetzt schon wieder los. Er war ja ganz süß, aber auch irgendwie neurotisch. Er versuchte zu flüstern, aber Cleo hörte trotzdem, was Tilo sagte. »Nein, ich kann jetzt nicht. Spinnst, du? Wie? Vor meiner Tür? Das kann ja wohl nicht wahr sein! ...Ja, ich komme. « Tilo steckte sein Handy weg und erklärte Cleo mit angespannter Stimme, dass er jetzt gehen müsse. Cleo guckte ihn verdutzt an und sagte erst einmal nichts. »Es tut mir echt leid. Hier sind zwanzig Euro. Ich muss jetzt los. « Tilo stand auf, zog seine Jacke an und ließ eine völlig verdatterte Cleo am Tisch zurück. Kaum war er aus der Tür, stand Mario vor ihr und fragte: »Was war das denn? Komischer Typ! Soll ich dich nach Hause bringen? « »Nein! «, stieß Cleo aus. »Wir gehen hinterher. Irgendetwas stimmt nicht mit Tilo, ich möchte herausfinden, was es ist. Eigentlich ist er ganz nett. Los, beeil dich. « Cleo schnappte sich ihre Jacke und lief nach draußen. Dort sah sie Tilo noch gerade um die Ecke biegen. Mario kam ihr nachgelaufen. »Er ist in die

Umstraße gelaufen. « Cleo verfiel in leichten Trab. Als sie an der Ecke angekommen waren, sah Cleo, wie Tilo in einem Haus mit gelbem Anstrich verschwand. Sie liefen näher und schauten auf die Klingelschilder. Da stand T. Tischler, direkt unten rechts. In diesem Augenblick ging das Licht im Fenster rechts von ihnen an. Die Fenster waren gekippt und Cleo und Mario duckten sich instinktiv unter dem Fenstersims, obwohl das Fenster höher lag als Marios Kopf. »Sag mal, tickst du noch ganz sauber. Mich mitten in meinem Date anzurufen. Was ist denn so wichtig? « Das war Tilos Stimme gewesen. »Ich brauche meinen Personalausweis zurück. Außerdem habe ich morgen Mitarbeiter-Gespräch. Da werde ich zu dem Vorfall am Samstag, beziehungsweise der Prüfung am Freitag etwas sagen müssen. Ich brauche also noch Details von dir, damit das glaubhaft rüberkommt! « Cleo und Mario kauerten unter dem Fenster und guckten sich fragend an. »Der hat Dreck am Stecken! «, flüsterte Mario. Cleo legte nur den Finger auf die Lippen, denn innen hörte man jetzt wieder Tilo. ».war sowieso eine saublöde Idee. Hättest du deinem Chef einfach die Wahrheit gesagt, wäre ich jetzt nicht in so einer beschissenen Situation. Ich musste sogar Cleo anlügen. « Cleos Kopf ruckte nach oben. Sie wollte durch das Fenster gucken, doch sie war zu klein. »Los, heb mich mal hoch «, flüsterte sie Mario zu. »Was??? Wir sind hier doch nicht bei den drei Fragezeichen! «, stieß Mario aus. »Jetzt mach schon! « Mario verschränkte seine Hände zur Räuberleiter und Cleo stieg mit einem Fuß hinein. »Und jetzt hoch«, trieb sie Mario an. »Sehr witzig! Was hast du gegessen? Wieviel wiegst du? «, stöhnte Mario, während er versuchte, Cleo nach oben zu drücken. Cleo konnte sich jetzt mit den Händen an der Fensterbank hochziehen. Sie konnte einen kurzen Blick in das Zimmer werfen und fuhr erschrocken zurück. Mario verlor das Gleichgewicht und taumelte. Beide landeten auf dem

Hosenboden. »Aua! Was war denn los? Konntest du was sehen?«, fragte Mario und rieb sich den Hintern. Cleo blieb auf dem Boden sitzen und schaute auf. »Tilo gibt`s zweimal! « »Häh, versteh ich nicht! «, entgegnete ihr Mitbewohner. »Egal! Wir klingeln da jetzt. Ich will eine Erklärung! « Cleo war wild entschlossen das doppelte Lottchen oder besser: den doppelten Tilo zu entlarven. Sie rappelte sich auf und drückte den Klingelknopf. Die Stimmen in der Wohnung verstummten. Dann hörte sie den Türsummer und betrat den Hausflur. Tilo steckte den Kopf durch die Wohnungstür und keuchte auf, als er Cleo sah. »Denk nicht mal dran, die Tür wieder zu zumachen. Ich will wissen, was hier gespielt wird! «, drohte Cleo ihm. Hinter ihr stand Mario und versuchte grimmig zu gucken, musste aber doch grinsen, als er Tilos erschrockenes Gesicht sah. Tilo hielt ihnen ohne ein weiteres Wort die Tür auf und sie betraten ein kleines Wohnzimmer. Auf einer roten Couch mit Kordbezug saß ein Mann, der Tilo zum Verwechseln ähnlich sah. Cleo sah Tilo fragend an, der nach ihnen das Zimmer betreten hatte. »Ähm, darf ich vorstellen: Marc Tischler, mein Zwillingsbruder. Das ist Cleo und… «, er schaute Cleo fragend an. »Mario, mein Mitbewohner «, entgegnete sie grimmig. Mario war zur Salzsäule erstarrt und sein Blick ging von einem zum anderen Bruder hin und her. »Wow. Das hätte ich in der Schule gebrauchen können. Ein Zwillingsbruder, der meine Mathearbeiten schreibt! « »Ich glaube, damit hast du den Nagel ziemlich auf den Kopf getroffen «, entgegnete Cleo verstimmt, der sofort die zwei verschiedenen Facebook-Profile wieder einfielen. »Sie setzte sich auf den Sessel gegenüber der Couch und wartete auf die Erklärung von Tilo. Tilo ließ sich auf einen Stuhl fallen, der an dem kleinen Esstisch in der Ecke stand und bot Mario auch einen an. Mario setzte sich schmunzelnd und nickte. »Jep, das wird jetzt spannend! «

Marc setzte an, die Sache zu erklären, aber Cleo hob nur die Hand und sah unverwandt Tilo an, der daraufhin mit leiser Stimme anfing zu erzählen. » Ich habe mich als Marc Tischler ausgegeben, um meinem Bruder zu helfen. Er hatte Stress mit seinem Chef, weil er schon zweimal betrunken bei der Arbeit erschienen ist. Als die TÜV-Prüfung der Exit-Burg anstand, lag er mal wieder in Essig. Am Vorabend hatte er sich total abgeschossen und einen Streit angefangen. Daher das blaue Auge. « Tilo zeigte auf Marcs Auge. Tatsächlich war es schon verblasst, aber noch deutlich zu sehen. Er schien nicht sehr reumütig zu sein und zuckte nur kurz mit den Schultern. Tilo fuhr fort. »Er hat mich angerufen und mich gebeten, die letzte Prüfung zu übernehmen. Wenn er eine dritte Abmahnung bekommen hätte, hätte er seinen Job beim TÜV verloren. Er hat mir die Mängelliste gemailt. So wusste ich, worauf ich achten sollte. Eigentlich wäre auch alles glatt gelaufen, doch dann kam diese schreckliche Sache dazwischen. Ich wollte der Kommissarin sofort die Wahrheit sagen, aber Marc hat mich bekniet, es nicht zu tun. « Jetzt wusste Cleo auch, warum er bei dem Spiel so nervös gewirkt hatte. »Marc konnte am Montag nicht zur Polizei gehen, weil er ja nicht dabei gewesen war und wegen dem blauen Auge. Also hat er mir seinen Personalausweis gegeben und ich habe in seinem Namen die Aussage gemacht. Ich weiß, dass das strafbar ist, aber er ist mein Bruder. Familie kann man sich eben nicht aussuchen. « Entschuldigend hob Tilo die Hände. »Ach, jetzt stell dich nicht so an. Ist ja noch mal gut gegangen «, warf sein Bruder ein. »Spinnst du? Gut gegangen? Ich habe eine Falschaussage bei der Polizei gemacht, musste Cleo eine abstruse Geschichte auftischen, wegen den zwei Namen und das Schlimmste ist: Ein Mensch ist gestorben. Wir sind zwar nicht Schuld an seinem Tod, aber gut ist hier im Moment gar nichts! « Tilo war immer lauter geworden. »Und jetzt gehst du besser! Ich kann dich gerade nicht ertragen.« Marc stand auf, steckte seinen Personalausweis ein, klopfte noch einmal auf den Tisch und verschwand nach draußen.

Tilo hatte den Kopf in die Hände gelegt. »Du hast also nur deinem Bruder helfen wollen? «, fragte Cleo vorsichtig. Tilo schaute sie an. »Ja. Es tut mir sehr leid, dass ich dich angelogen habe. Aber alles, was ich dir über Tilo erzählt habe, stimmt. Auch, dass ich dich wirklich mag! «, fügte er leise hinzu und lächelte sie schüchtern an. Cleos Herz machte einen kleinen Hüpfer. Sie war erleichtert, dass Tilo nichts mit dem Mord zu tun hatte. Sie lächelte ihn an und versprach: »Das Date können wir ja vielleicht nachholen. Aber ab jetzt immer schön ehrlich.« Jetzt strahlte Tilo wieder. »Ja, gerne! Und ich verspreche: Keine Lügen und keine Geheimnisse mehr. Ehrlichkeit ist das wichtigste in einer Beziehung.« Schnell senkte er den Kopf. »Also, ich meine…ich weiß, wir haben noch keine Beziehung, also…« »Schon gut, ich versteh dich! « entgegnete Cleo grinsend. Mario schüttelte seufzend seine Dreadlocks. »Was für ein Schmalz. Ich bin hier überflüssig, oder? « Er erhob sich, verabschiedete sich kurz bei Cleo mit einem nett gemeinten Rat: »Tu nichts, was ich nicht auch tun würde! « und bei Tilo mit einem warnenden Zeigefinger. »Ich hab dich im Blick, tu ihr nicht weh, sonst tu ich dir weh! « Dann marschierte er hocherhobenen Hauptes aus der Tür. Cleo und Tilo schauten sich an und fingen beide gleichzeitig an zu lachen.

Später saßen sie zusammen auf der Couch und tranken ein Glas Rotwein. Sie erzählten sich gegenseitig viele Geschichten und Anekdoten aus ihrer Jugend und von ihren Familien. Cleo hatte das Gefühl Tilo schon ewig zu kennen. Und ihm schien es ebenso zu gehen. Als Tilo sie dann küsste, hatte sie Schmetterlinge im Bauch. Alles fühlte sich richtig an.

Um zwei Uhr nachts schrieb sie Mario noch schnell eine Whatsapp, damit er sich keine Sorgen machte. Danach schlief sie mit dem Kopf auf Tilos Beinen auf dem Sofa ein.

Kapitel 8

Cleo wurde von Kaffeeduft geweckt. Sie schlug die Augen auf und musste sich erst einmal orientieren. Wo war sie? Dann fiel ihr der gestrige Abend wieder ein. Sie war auf Tilos Couch eingeschlafen. Doch jetzt lag sie in einem Bett. Das musste Tilos Schlafzimmer sein. Er musste sie rüber getragen haben. Sie hörte ein fröhliches Pfeifen. Es kam wahrscheinlich aus der Küche. Sie stieg aus dem Bett, angezogen war sie noch, und lief etwas schüchtern in die Küche. Tilo hatte den kleinen Tisch links in der Ecke gedeckt und war gerade damit beschäftigt Rührei zu machen. Er stand mit dem Rücken zu Cleo. Sie räusperte sich, woraufhin Tilo sich umdrehte. »Oh, ich habe dich doch nicht geweckt? «, fragte er, während er auf Cleo zuging und ihr einen Kuss auf den Mund drückte. Die Schüchternheit war verflogen und Cleo drückte sich an ihn. Er zog sie an sich und ließ den Pfannenwender fallen.

Als sie sich später schwer atmend voneinander lösten und Cleo ihre Kleidung wieder zusammensuchte, war das Rührei verbrannt, was ihrer verliebten Stimmung aber keinen Abbruch tat. Sie frühstückten zusammen, als wären sie schon seit Jahren ein Paar.

Cleo erzählte von ihrer Ermittlungsarbeit in der Mordsache. Da Tilo als Verdächtiger nicht mehr in Frage kam, konnte sie sich jetzt auf die anderen Hinweise konzentrieren. Auch Tilo fand, dass das die Arbeit der Polizei sei, versprach aber Cleo zu unterstützen. Cleo wollte als nächstes mit Eric Johnson sprechen. Sie wollte erfahren, von wem die Idee mit der Guillotine kam und wer sie gebaut hatte. Tilo hatte Johnsons Handynummer- sie war in der E-Mail vermerkt, die Marc seinem Bruder geschickt hatte- sodass sie ihn sofort anrufen konnte. Eric Johnson ging sofort dran und fragte nicht mal nach, warum Cleo sich mit ihm treffen wollte oder woher sie seine Nummer hatte. Cleo wunderte sich, war aber froh, als er direkt einen Termin heute um 11 Uhr vormittags anbot. Er lud sie zu einem zweiten Frühstück ein. Cleo sagte zu. Tilo hatte das Gespräch mitverfolgt und fragte nun, ob er mitkommen solle, doch Cleo lehnte das Angebot ab. Sie meinte, dass Herr Johnson vielleicht eher etwas erzählen würde, wenn sie alleine mit ihm spräche. Er wirkte etwas besorgt, willigte aber ein. Sie verabredeten sich für abends und Cleo ging nach Hause. Sie musste unbedingt duschen und etwas Frisches anziehen. Außerdem wollte sie Eric Johnson in derselben Verkleidung treffen, die sie am Samstag beim Exit-Spiel anhatte.

Eine Stunde später machte sie sich auf den Weg zu dem kleinen Café auf der Kuhstraße, das Herr Johnson als Treffpunkt vorgeschlagen hatte. Sie schaute durch die Fenster, doch Johnson war noch nicht da. Cleo betrat das Café, suchte sich einen freien Tisch und bestellte einen Cappuccino. Fünf Minuten später kam Eric Johnson in einem teuer aussehendem Anzug hereingestürmt. Er setzte sich zu ihr und begrüßte sie mit angedeuteten Küsschen rechts und links auf die Wange.

»Schön Sie zu sehen «, säuselte er und lächelte schief. Cleo schlug erschrocken die Augen nieder. Dachte er etwa, das hier wäre ein Date? Sie überlegte kurz, ob sie das sofort aufklären sollte, doch dann fiel ihr ein, dass sie die Situation nutzen könnte, damit er ihr ein paar Details erzählen würde, die er sonst vielleicht verschwiegen hätte. Außerdem brauchte sie sich so keine Erklärung für das Treffen zu überlegen. Also riss Cleo sich zusammen, schaute Eric Johnson an und lächelte. »Ja, ich freue mich auch. « Nachdem sie Frühstück bestellt hatten, machte Cleo ein bisschen Smalltalk, bevor sie Johnson fragte »Ich dachte Sie könnten mir etwas über die Burg erzählen. Wie sind Sie nur auf diese tollen Ideen für die verschiedenen Stationen gekommen. « Eric Johnson strahlte und blickte Cleo verschwörerisch an. »Jetzt lassen wir aber mal dieses förmliche Sie. Ich bestell uns ein Glas Champagner und dann trinken wir Brüderschaft. « Cleo winkte entgeistert ab, mit der Begründung, dass sie keinen Champagner vertragen würde. Nachdem sie mit Orangensaft angestoßen hatten, wollte Johnson ihr einen Kuss auf den Mund drücken, doch Cleo drehte schnell den Kopf, sodass er nur ihre Wange streifte. Was für ein schmieriger Typ. Dann fing er an, Cleo von den Plänen, den Schwierigkeiten mit der Baubehörde und den Umbaumaßnahmen zu erzählen. Eric Johnson war ein Mensch, der sich selber gerne reden hörte, stellte Cleo fest. Als sie nach der Guillotine fragte, erklärte Johnson ihr, dass diese Idee nicht von ihm stamme. Da er aber ein Gespür für gute Ideen hätte, hatte er diese sofort umgesetzt. Er hatte eine E-Mail von einem Unbekannten bekommen. Der Absender hatte nur den Namen eines Königs - Heinrich, der 8.- eingetragen, seine Idee präsentiert und als Anhang schon einen Bauplan mitgeliefert, von dem er versichert hatte, dass die Guillotine täuschend echt aussehen würde. Cleo fand diese Vorgehensweise sehr fragwürdig, aber Eric Johnson war sehr von sich überzeugt und hatte diese Sache nicht weiter hinterfragt. »Und wer hat die Guillotine dann gebaut?«, fragte Cleo ehrlich interessiert. »Eine Schreinerei in der Nähe. Nur das Fallbeil war eine Spezialanfertigung von einem Unternehmen, das normalerweise Plastikteile für Autos herstellt. Sauteuer! «, beschwerte sich Johnson. »Ein echtes durfte ich ja nicht benutzen, das hätte der TÜV nicht abgenommen und außerdem kommt man da auch nicht so einfach dran. « »Ja, da können schlimme Dinge mit passieren. Das haben wir ja gesehen«, erwiderte Cleo vorwurfsvoll. Johnson beschwichtigte sie sofort.

Er erklärte, dass er ein Stoppersystem eingebaut hatte, wie auf dem Bauplan eingezeichnet. Und mit dem Plastikfallbeil wäre so ein Unfall nie passiert. Cleo hatte genug Informationen bekommen und verabschiedete sich hastig mit einem unverbindlichen Händedruck von Johnson, der etwas verdutzt sitzen blieb.

Cleo nahm sich auf dem Weg nach Hause vor, Heinrich den 8. zu googeln. Außerdem wollte sie der Bürgerinitiative nochmal auf den Zahn fühlen. Von Tilo hatte sie ja jetzt einen Namen, über den sie Kontakt aufnehmen konnte: Katharina Brandauer.

Zu Hause angekommen, begrüßte Mario sie grinsend. »Na, war der Abend noch schön? « »Ach, halt die Klappe! Das geht dich nix an «, erwiderte Cleo auch grinsend und streckte ihm die Zunge raus. »Sag mal, kennst du Heinrich den 8.? «, fragte sie Mario. »Das war ein König in England. Der hat, glaub ich, seine Frauen abgemurkst und war sechs Mal verheiratet. Da hätte ich nicht Ja gesagt! Warum?« »Ach, nur so. Ich muss was recherchieren. « Sie ließ Mario stehen und verschwand in ihr Zimmer. Die Zusammenfassung von Mario zu Heinrich dem 8. war ziemlich zutreffend. Komischer Absender für eine E-Mail.

Die Adresse von Kathi hatte sie schnell herausgefunden. Sie wohnte nicht weit von Cleo auf der Kerkener Straße. Cleo beschloss, auf gut Glück einfach vorbeizugehen und zu klingeln. Vorher lief sie aber noch eine Runde mit Bob, der in den letzten Tagen etwas zu kurz gekommen war. Dankbar mit dem Schwanz wedelnd, folgte er ihr nach draußen. Beim Stöckchen schmeißen ließ Cleo den Abend mit Tilo und das Treffen mit Johnson noch mal Revue passieren. Wie schnell sich Dinge ändern können, dachte Cleo. Bis gestern Nachmittag war Tilo noch irgendwie verdächtig und heute war er ihr Freund. Ob man das nach einem Date schon sagen konnte? Cleo war sich ziemlich sicher, dass Tilo das genau so sah. Lächelnd machte sie sich mit Bob auf den Weg nach Hause.

Kurze Zeit später zog sie wieder los. Diesmal mit dem Fahrrad. Weder das Haus noch die Klingel von Katharina Brandauer waren schwer zu finden, alle Klingeln waren ordentlich beschriftet. Cleo war immer noch in ihrer Verkleidung und fühlte sich dadurch sehr sicher. Nachdem sie geklingelt hatte, dauerte es nur ein paar Sekunden, bis die Tür fast aufgerissen wurde. »Da bist du ja end…« Die junge Frau, die in der Tür stand, verstummte. »Wer sind Sie? «, fragte sie nach einer kurzen Pause. »Guten Tag! Ich bin Emma Kaiser «, log Cleo. Das war der Name einer früheren Klassenkameradin, der ihr gerade spontan einfiel. »Sie hatten wohl jemand anderen erwartet? Tut mir leid, dass ich störe. Sind Sie Katharina Brandauer? « »Ja. Was wollen Sie? «, fragte Katharina etwas unbeherrscht. »Ein Bekannter hat mir Ihren Namen verraten und gesagt, dass Sie die Bürgerinitiative zur Erhaltung der Burg in Kempen ins Leben gerufen haben? Ich würde mich gerne über dieses Projekt informieren. « Cleo guckte Katharina so unschuldig lächelnd an, dass ihre Gesichtszüge freundlicher wurden. Katharinas Gesichtszüge entgleisten. »Haben Sie denn noch nichts von dem schrecklichen Tod meines Freundes…ähm unseres Mitstreiters gehört. Es liegt erst mal alles auf Eis. « Katharina hatte Tränen in den Augen und drehte sich weg. »Oh, doch. Natürlich, habe ich davon gehört. Es tut mir sehr leid für Sie. Kommen Sie, wir trinken einen Kaffee. Ich bin eine gute Zuhörerin. « Während Cleo sprach, schob sie sich an der verdutzten Frau vorbei und lief in die Wohnung, auf der Suche nach der Küche. »Na hören Sie mal «, setzte Katharina an, lenkte dann aber ein. »Ist ja auch egal. Mein anderer Termin scheint sich zu verspäten. Also dann, setzen Sie sich. Ich kümmer mich um den Kaffee. « Katharina war Cleo in die Küche gefolgt und zeigte nun auf einen Stuhl am Küchentisch. Nachdem der Kaffee fertig war, dirigierte Kathi Cleo ins Wohnzimmer. Sie setzten sich auf die Couch. »Sie können übrigens Kathi sagen. In der Bürgerinitiative sprechen sich alle nur mit Vornamen an. « »Okay. Dann nennen Sie mich Emma. Sie haben also alle Aktionen auf Eis gelegt? «, fragte Cleo noch einmal nach. »Ja. Bis morgen. Da ist die Beerdigung von Nick. « Sie fing an zu schluchzen. Cleo tätschelte ihr etwas unbeholfen den Rücken. »Das ist wirklich eine schlimme Sache. Meinen Sie, dass es ein Anschlag auf ihre Initiative war? Oder war Nick ein zufälliges Opfer? « Kathi sah auf und ihre Augen funkelten wütend. »Wir haben niemandem etwas getan. Unsere Aktionen waren immer legal und gewaltfrei. Natürlich haben wir versucht, die Bürger der Stadt Kempen aufzurütteln, aber wir leben hier ja auch in einer Demokratie. Hier darf man seine Meinung äußern, ohne dass man gleich bedroht oder umgebracht wird. Außerdem sollte der Bürgermeister den Kopf zuerst in die Guillotine stecken. Der wollte einen medienwirksamen Auftritt. « Cleo speicherte diese Information ab und legte ihr beruhigend die Hand auf die Schulter. »Ich glaube Ihnen sofort, dass ihre Aktionen legal waren. Was haben Sie denn so gemacht? « Das Interesse an der Bürgerinitiative lenkte den Fokus wieder auf ihr Projekt und Kathi begann zu erzählen.

Sie und Nick hatten vor allem Stände in der Innenstadt betreut, um die Menschen zu informieren. Sie hatte zu einer Demo aufgerufen, die aber sehr spärlich besucht war und eine Unterschriftenliste gegen die kommerzielle Nutzung der Burg angelegt. Cleo wurde hellhörig. Vielleicht standen auf der Liste Namen, die irgendwelche Rückschlüsse auf die Mitglieder zuließen. »Haben Sie diese Liste hier? Ich würde mich gerne eintragen, um ihre Sache zu unterstützen. « »Ich habe nur eine Kopie der Liste. Das Original haben wir vor drei Monaten beim Bürgermeister eingereicht. Hat aber nichts genutzt. Das ist also eigentlich abgeschlossen. « Kathi hatte während des Erzählens mit der Hand vage zum Regal an der gegenüberliegenden Wand gezeigt, auf dem, neben einigen Romanen, auch zwei dicke Ordner standen. Auf dem Rücken des linken Ordners stand in großen Buchstaben: Rettet die Burg. Da musste die Liste abgeheftet sein. Aber wie kam Cleo da heran? Kathi erzählte von verschiedenen Ideen, die ihre Mitstreiter als nächstes in die Tat umsetzen wollten. Cleo hörte nur mit halbem Ohr hin, als plötzlich der Name Heinrich fiel. »Entschuldigung, was sagten Sie gerade? «, fragte Cleo neugierig nach. »Ich habe allen immer gesagt, dass die Aktionen legal bleiben müssen. « »Und wer war da anderer Meinung? « »Naja, Heinrich hatte schon ein paar abstruse Ideen. Aber da haben Nick und ich sofort einen Riegel vorgeschoben. Vor allem nach dem anonymen Brief in der Zeitung. Auch wenn er unsere Aktionen zum großen Teil finanziert und das Projekt intensiv unterstützt hat.« »Heinrich Gerbermann hat einen anonymen Brief geschrieben? Weswegen? Ach könnte ich noch einen Kaffee haben? « Kathi stand sofort auf und lief in die Küche, während sie weiter berichtete. »Die Stadt hatte doch die Abstimmung im Internet gemacht. Dort wurden die verschiedenen Pläne für die Burg erläutert und jeder Kempener Bürger konnte seine Stimme abgeben. « Stimmt. Cleo hatte auch bei der Abstimmung mitgemacht und für die mittelalterliche Burg gestimmt. Während Kathi in der Küche hantierte und erzählte, war Cleo zum Regal gelaufen, hatte den Ordner herausgezogen und angefangen zu blättern. Durch die Registerkarten fand sie die Kopie der Liste schnell und machte von den ersten beiden Seiten ein Foto mit dem Handy. Danach stellte sie den Ordner leise zurück und setzte sich wieder auf ihren Platz. »Und was war dann mit der Abstimmung? Ich habe davon nichts mehr gehört «, merkte Cleo an. »Kathi kam mit dem frischen Kaffee zurück ins Wohnzimmer. »Ja. Das war das Problem. Die Abstimmung im Internet hatte eine sehr hohe Beteiligung, circa siebzig Prozent der Kempener haben mitgemacht. Kurz vor Beendigung der Abstimmung sah es so aus, als ob mehr als fünfzig Prozent der Bürger für den Wiederaufbau einer mittelalterlichen Burg gestimmt hatten. Doch als die Aktion beendet war und die Ergebnisse veröffentlicht wurden, lag die Exit-Burg mit fünfundfünfzig Prozent vor der Mittelalter-Burg, die nur noch achtunddreißig Prozent bekam. Heinrich hat der Stadt Kempen unterstellt, die Abstimmung in ihrem Sinne manipuliert zu haben, weil die Restaurierung der Burg unglaublich teuer geworden wäre, und die Bürger aufgefordert, sich dagegen mit allen Mitteln zu wehren. «»Mit allen Mitteln? Okay, das hört sich schon extrem an. «»Ja. Aber das haben wir geklärt. Nick hatte ein langes Gespräch mit Heinrich. « Cleo plauderte noch fünf Minuten weiter, trank ihren Kaffee aus und verabschiedete sich herzlich. Irgendwie tat es ihr leid, dass sie Kathi angelogen hatte. Sie hatte es zurzeit schwer genug. Aber im besten Fall erfuhr sie nie etwas davon.

Cleo schwang sich auf ihr Fahrrad und fuhr nach Hause. Dort schaute sie sich als erstes die Fotos von der Liste an. In der ersten Spalte standen Name und Nachname. Dann folgten Anschrift, Geburtsdatum und Unterschrift. Ganz oben standen Katharina Brandauer und Nick Melzer, ein Benjamin Müller und kurz danach fand sie auch Heinrich. Er hieß mit Nachnamen Gerbermann und war Jahrgang sechzig. Damit tanzte er aus der Reihe. Alle anderen Personen auf der ersten Seite waren zwischen 1988 und 2001 geboren. Hinter allen Namen auf der ersten Seite war ein Stempel zu sehen, ein kleines M. Wofür das wohl stand? Vielleicht waren das alles Mitglieder der Bürgerinitiative. Je länger Cleo darüber nachdachte, desto passender fand sie die

Erklärung. Außerdem hatte sie einige der Namen schon mal gehört, als Nick ihr von der Bürgerinitiative erzählt hatte.

Cleo suchte im Internet nach dem anonym geschriebenen Leserbrief. Da sie aber nicht wusste, in welcher Zeitung und an welchem Tag er erschienen war, gab sie die Suche bald auf. Katharina hatte ihr den Inhalt des Briefes ja ausführlich geschildert. Ob die Stadt Kempen tatsächlich eine Online-Abstimmung manipulieren würde? Heinrich schien auf jeden Fall davon auszugehen. Und er hatte anscheinend auch nicht dieselben Hemmungen wie Kathi, wenn es darum ging, sich bei den Aktionen zur Erhaltung der Burg etwas außerhalb der Legalität zu bewegen. Zumindest hatte Cleo das so aus den Erzählungen von Kathi herausgehört.

Cleo nahm sich vor, morgen Oma Ilse zu besuchen und sie auf den neuesten Stand zu bringen. Sie schrieb Crunchy noch eine Nachricht, in der sie ihn bat, alles über Heinrich Gerbermann herauszufinden. Vielleicht war er ja auch der Absender dieser ominösen E-Mail von Heinrich, dem achten. Passen würde es auf jeden Fall. Anschließend rief Cleo Tilo an, der schon nach dem ersten Klingeln dranging. Kurz darauf lag er auf Cleos Bett und sie erzählte ihm die Vorkommnisse des Tages, wobei sie ihren Besuch bei Katharina Brandauer ausließ. Das würde sie ihm bei Gelegenheit in Ruhe erklären.

Kapitel 9

Am nächsten Morgen war Tilo schon um sieben Uhr aufgestanden, weil er arbeiten musste. Er arbeitete als Schreiner in einem kleinen Kempener Betrieb. Als Cleo das erfahren hatte, hatte sie sofort nachgefragt, ob die Guillotine in seinem Betrieb gebaut worden war - leider Fehlanzeige.

Cleo war noch liegen geblieben und hatte erst um zehn Uhr gefrühstückt. Nach einer ausgiebigen Dusche machte sie sich auf den Weg zum Altenheim. Als sie die Treppen hinaufstieg, hörte sie ihre Oma schon von weitem. Sie erzählte einer Pflegerin gerade einen nicht ganz jugendfreien Witz, kam aber vor lauter Lachen nicht bis zur Pointe. Die Pflegerin war scheinbar in Eile und lief weiter, was Oma Ilse nicht davon abhielt den Witz in immer größerer Lautstärke, unterbrochen von Lachkrämpfen, weiter zu erzählen. Cleo rief laut: »Hallo, Oma, unterhältst du wieder das ganze Altenheim? « »Hallo, Kindchen. Ja, ich hab Ferkelsfreud. Die sind ja alle so verklemmt hier. Wir zwei Schönen gehen jetz ma en Käffken trinken, dann kannze mir alles verzällen, war et bei die so Neues gibt. « Oma Ilse hakte sich bei Cleo unter und dirigierte sie zur Cafeteria im Erdgeschoss. Als beide ein Stück Kuchen und eine Tasse Kaffee vor sich stehen hatten, erzählte Cleo von ihren neuesten Ermittlungserfolgen. Als sie von Tilo und seinem Zwillingsbruder berichtete, fing sie unwillkürlich an zu strahlen und Oma Ilse hakte sofort nach. »Butter bei die Fische, den findse gut, ne? Sieht en Blinder mit nem Krückstock. « »Ja, das ist aber noch ganz frisch. Erst mal abwarten, ob das so gut weiterläuft «, druckste Cleo etwas verlegen herum. »Ach watt, dat wird schon fluppen. Glück inner Liebe: dat hasse abba auch verdient! Und wartet nich so lang mittem Heiraten. Sons kannich mir dat Ganze nur noch von unten angucken! « »Oma! Mach nicht so morbide Sprüche. Tilo und ich, das geht erst seit zwei Tagen. Von Hochzeit kann da noch gar keine Rede sein!« »Ist ja schon gut. Und jetzt weiter; Wer is denn nu unser Verdächtiger Nummer eins? « Cleo berichtete von ihrem Besuch bei Kathi und erzählte auch von Heinrich Gerbermann, als Oma Ilse plötzlich rief: »Halt, warte Mal! Bei mir fällt grad der Groschen. Ich hab dir doch von dem netten Günni erzählt? Unser Führer im Museum in Bonn? Der heißt auch Gerbermann. « »Naja, das ist vielleicht ein komischer Zufall, aber es gibt sicher mehrere Leute mit diesem Nachnamen «, entgegnete Cleo unsicher. »Nää, da is wat faul im Staate Dänemark! Kannze nich ma im Internet nachgucken, da findet man doch alles? « »Ich könnte Crunchy anrufen. Den hatte ich sowieso auf Heinrich angesetzt «, entgegnete Cleo. »Vielleicht gibt es ja doch eine Verbindung. «

Fünf Minuten später legte Cleo auf und gab die Informationen an ihre Oma weiter. Crunchy hatte gerade erst angefangen zu recherchieren, aber er hatte schon herausgefunden, dass Heinrich einen älteren Bruder hatte, der in Bonn lebt. »Und jetzt rate mal, wie der heißt «, zwinkerte Cleo ihrer Oma zu. »Na, Günther! Habbich doch Recht gehabt! Der hat seinem Bruder bestimmt das Fallbeil besorgt. Dat hättich nich gedacht, dat der Günni einem Mörder hilft. Dat war doch son Netter. « »Oma, jetzt mach mal langsam. Wir wissen ja noch gar nicht, ob Heinrich der Mörder ist und ob sein Bruder überhaupt etwas damit zu tun hatte. Aber merkwürdig ist das alles schon. Ich würde mich ja gerne mit diesem Günther mal unterhalten. « »Na, dann machen wir dat doch! «, rief Oma Ilse aus. »Wie soll das denn gehen, solche Befragungen führt normalerweise die Polizei durch «, konterte Cleo. »Dat ist ja ne super Idee! Du verkleidest dich als Polizistin und ich bin dein Partner. « »Sehr lustig, Oma. Erstens sind die

Kommissare nicht in Uniform, sondern in normalen Klamotten. Und zweitens - entschuldige, dass ich das so sage - glaubt dir niemand, dass du noch im Polizeidienst bist. «

Zehn Minuten später hatte Oma Ilse es geschafft, Cleo zu überzeugen. Cleo würde sich als Polizistin ausgeben und Oma Ilse würde ihre Fahrerin sein. Natürlich nur pro forma; Oma Ilse war schon seit Jahren kein Auto mehr gefahren. Cleo überlegte, welchen Namen sie benutzen konnte. Ihr fiel die Rechtmedizinerin ein, die Mira erwähnt hatte. Wie hieß die gleich wieder? Genau: Dorka Eisner. Echte Polizeiausweise hatten Sie natürlich nicht. Der Bibliotheksausweis musste genügen. Einmal schnell hochhalten und wieder wegstecken. Oma Ilse geriet ins Schwärmen und wollte unbedingt Romy Schneider heißen. Cleo beschloss sich mit der schwarzen Perücke und einem eleganten Outfit zu tarnen, Oma Ilse blieb, wie sie war in Stoffhose und weißer Bluse. Sie verabredeten sich für zwölf Uhr, um nach Bonn zu Günther Gerbermann zu fahren und ihm ein bisschen auf den Zahn zu fühlen. Cleo war nicht ganz wohl bei dem Gedanken, dass sie sich strafbar machten. Das nannte man wohl Amtsanmaßung und Vorspiegelung falscher Tatsachen, aber Oma Ilse war Feuer und Flamme für ihren Plan.

Pünktlich um zwölf Uhr mittags fuhr Cleo in ihrem kleinen roten Clio vor dem Altenheim vor, wo Oma Ilse schon mit ihrer Tasche stand und wartete. Cleo hatte von Crunchy noch die Adresse bekommen und tippte diese ins Navi ihres Handys ein. Oma Ilse freute sich, als wären sie auf einem Ausflug. Sie plapperte drauf los, drehte das Radio an und suchte einen Sender, der Musik spielte, die sie mitsingen konnte. Cleo wurde immer aufgeregter, je näher sie ihrem Ziel kamen. Hoffentlich war die echte Kommissarin nicht schon bei Herrn Gerbermann gewesen. Dann würden sie sofort auffliegen. Aber Oma Ilse beruhigte sie. »Die Polizei kommt auch in den Krimis im Fernsehn öfter vorbei, wenn die noch wat wissen wollen. « Cleo war alles andere als zuversichtlich, was den Erfolg dieses Tages anging, wollte aber auch nicht wieder umdrehen und die Sache abblasen. Also Augen zu und durch! Oder besser: Augen auf und Hinweise finden!

Kurz nach 13 Uhr parkte Cleo in einer kleinen Parklücke gegenüber dem Wohnhaus von Herrn Gerbermann. Oma Ilse stieg aus und lief schnellen Schrittes auf die Haustür zu. Der Hausanstrich hatte auch schon bessere Tage erlebt. Die Farbe war wohl einmal weiß gewesen, jetzt war sie an vielen Stellen abgeplatzt und eher grau. Cleo holte Oma Ilse ein, bevor sie auf die Klingel drücken konnte. »Halt, warte mal. Was sagen wir denn, warum ich eine Fahrerin brauche? « »Keine Ahnung. Dein Führerschein ist eingezogen worden? Alkohol am Steuer? « »Auf keinen Fall. Wir begründen das gar nicht, vielleicht fragt er nicht nach. « »Darf ich jetzt klingeln? «, fragte Oma Ilse grinsend und drückte die Klingel, ohne eine Antwort abzuwarten. Nach ein paar Sekunden summte die Gegensprechanlage. »Ja, bitte? Wer ist da?« »Ähm, hier ist die Polizei. Kommissarin Dorka Eisner und Frau Schneider. « »Romy Schneider, wie die Sissi in dem Film, Sie wissen schon! «, rief Oma Ilse in die Gegensprechanlage, bevor Cleo es verhindern konnte. »Dürfen wir hochkommen? Wir hätten ein paar Fragen. « Oma Ilse nickte ihr anerkennend zu und hielt den Daumen hoch. »Äh, ja natürlich. Zweiter Stock, links. « Der Summer der Haustür ertönte und Cleo drückte die Tür auf. »Oma! Lass mich reden. Du bist nur die Fahrerin «, erinnerte Cleo ihre Oma an die Absprache. »Jaja. Na prima! Kein Aufzug «, murrte Oma Ilse, als sie in den Hausflur traten. Als sie vor der Wohnungstür angekommen waren, schnaufte Oma Ilse ziemlich. Cleo klopfte leise an und die Tür wurde sofort geöffnet. Vor ihnen stand ein älterer, großer Mann mit grauen Haaren und einer Lesebrille auf der Nase. Er trug eine graue Stoffhose und einen scheußlichen grünen Pollunder über einem weißen Hemd, von dem man den Kragen und die Ärmel sah. Cleo wiederholte ihren Spruch und hielt Herrn Gerbermann ganz kurz ihren Bibliotheksausweis vor die Nase. Bevor er auch nur seine Lesebrille zurechtrücken konnte, hatte sie ihn schon wieder eingesteckt. »Guten Tag! Kommen Sie doch herein. Was ist denn der Grund ihres Besuchs? «, fragte Herr Gerbermann, während er beiden mit einer Handbewegung einen Platz auf der Couch anbot. »Es geht um das Haus der Geschichte, indem Sie doch arbeiten, oder? «, fragte Cleo schnell, ehe sich Oma Ilse mit etwas verplappern konnte. »Ja, aber zurzeit habe ich frei. Die Bauarbeiten sind noch nicht abgeschlossen. Das Glasdach wird erneuert. Oder geht es um das Fallbeil? «, fragte Herr Gerbermann unvermittelt. Cleo sah überrascht zu Oma Ilse, die nur fragend mit den Schultern zuckte. »Ja genau. Das Fallbeil. Was können Sie uns denn dazu erzählen? «, versuchte Cleo die Frage so offen, wie möglich zu stellen. Herr Gerbermann sah sie irritiert an. »Mein Chef hat doch heute Morgen schon mit ihrer Kollegin Kommissarin Gruber gesprochen. Das Fallbeil aus unserer Guillotine, die im Archiv steht, wurde tatsächlich entwendet. Wieso wissen Sie das denn noch nicht? « »Doch, doch. Natürlich wissen wir das! «, beeilte sich Cleo ihm zu versichern. »Aber ihr Chef hat meiner Kollegin gesagt, dass Sie der Fachmann für die Ausstellungsstücke und das Archiv sind und da wollten wir nochmal genauer nachfragen. « Sie bekam schwitzige Hände und wischte sie unruhig an ihren Hosenbeinen ab. Herr Gerbermann schaute sie nachdenklich an. »Vielleicht rufe ich meinen Chef mal eben an, was er ihrer Kollegin schon erzählt hat. « Günther Gerbermann stand auf und griff nach dem Telefon. Cleo schaute alarmiert zu Oma Ilse. Herr Gerbermann lief mit dem Handy am Ohr in die Küche. »Was machen wir denn jetzt? «, zischte Cleo verzweifelt ihrer Oma zu. Sie schwitzte Blut und Wasser. »Erst mal abwarten und zur Not türmen wir. « Herr Gerbermann kam aus der Küche und legte das Telefon aus der Hand. »Geht keiner ran! Na ja, wird schon seine Richtigkeit haben. Also. Was wollen sie wissen? « Cleo stieß erleichtert die Luft aus und legte los. »Wie schwer ist dieses Fallbeil? Wann könnte es entwendet worden sein? Wer hat Zugang, beziehungsweise einen Schlüssel zum Archiv? « Günther Gerbermann beantwortete alle Fragen ruhig und sachlich. Er machte nicht den Eindruck, dass er etwas zu verbergen hätte. Cleo erfuhr, dass das Fallbeil fast vierzig Kilo wog und es eigentlich nur in den letzten zwei Monaten gestohlen worden sein kann, da das Museum seit dem Sturmschaden am Glasdach geschlossen war. Nur die Bauarbeiter waren ein und ausgegangen, hatten aber keinen Schlüssel zum Archiv. Der Direktor des Museums und er selber hätten einen Schlüssel, die aber beide nicht gestohlen worden waren. Einen Einbruch gab es auch nicht, das Schloss war unbeschädigt, wie die Polizei festgestellt hatte. Weder Herr Gerbermann noch sein Chef konnten sich erklären, wie jemand das Fallbeil entwenden konnte.

Cleo überlegte, ob der Schlüssel vielleicht nur kurz »geliehen « worden war und dann unbemerkt zurückgebracht wurde. »Haben Sie den Schlüssel irgendwann mal vermisst? « »Nein, eigentlich nicht. Einmal habe ich ihn gesucht, da hatte ich ihn aber nur in die linke Jackentasche gesteckt gehabt. « »Wo ist der Schlüssel denn normalerweise? « »Den habe ich immer in der rechten Jackentasche, da kommt niemand dran. « »Haben Sie eigentlich oft Besuch? Wann war zuletzt jemand hier?«, fragte Cleo und wechselte damit so schnell das Thema, dass Herr Gerbermann überrumpelt antwortete. »Eigentlich nicht. Vor drei Wochen hatte ich Geburtstag, da war mein Bruder mit einer jungen Begleitung hier und meine Nachbarn, Herr Wiese von gegenüber und Frau Rütter von unten. «»Ach Sie haben einen Bruder? Wie schön. Familie ist etwas tolles, nicht wahr? Verstehen Sie sich gut? «, fragte Oma Ilse in bestem Hochdeutsch. Cleo blickte hektisch auf und schüttelte unmerklich mit dem Kopf. Das war aber jetzt sehr plump. Hoffentlich wurde Herr Gerbermann nicht misstrauisch. Doch Oma Ilse schien den richtigen Ton getroffen zu haben und Günther Gerbermann wendete sich ihr zu und erzählte in vertraulichem Ton: »Ja, Familie ist etwas Feines. Aber zu viel davon kann auch schon mal anstrengend sein. Mein Bruder Heinrich und ich sehen uns eher selten. Er ist so ein eigenbrötlerischer Typ. Es hat mich schon gewundert, als er zu meiner Geburtstagsfeier so eine nette, junge Frau mitbrachte. « »Wissen Sie noch, wie diese Frau hieß? «, hakte Cleo schnell nach. »Ich glaube Katharina, aber ich durfte sie Kathi nennen. Sehr hübsch mit langen, blonden Haaren «, erinnerte sich Herr Gerbermann schwärmend. Cleo schüttelte sich innerlich. Diese Informationen musste sie erst mal sortieren.

Heinrich hatte scheinbar Katharina Brandauer zum Geburtstag seines Bruders mitgenommen. Steckte sie doch mit ihm unter einer Decke? Vielleicht war sie doch gewaltbereiter, als sie zugab und hatte den Schlüssel mitgehen lassen. Aber wann hatte sie ihn dann zurückgebracht? Und konnte eine junge Frau ein vierzig Kilo schweres Fallbeil aus dem Museum herausbekommen? Dann hätte sie ihren eigenen Freund auf dem Gewissen. Das konnte Cleo sich nicht vorstellen.

Nur zur Sicherheit brachte sie das Thema noch einmal auf die Nachbarn. Günther Gerbermann berichtete, dass er sich gut mit ihnen verstehen würde und beide schon über siebzig waren und alleine lebten, wie er selbst. Damit schloss Cleo sie als Verdächtige aus. Kurz darauf verabschiedeten und bedankten sie sich bei Herrn Gerbermann.

Auf dem Rückweg war Oma Ilse gar nicht mehr zu bremsen. »Dat is doch jetz klar wie Kloßbrühe: Der alte Lustmolch Heinrich hat sich an dat junge Ding rangemacht - wahrscheinlich mit viel Geld- damit die dem hilft. « Cleo widersprach ihrer Oma. Sie glaubte nicht, dass Kathi sich so hatte einspannen lassen. Vielleicht hatte Heinrich sie als Ablenkungsmanöver mitgenommen, um unbemerkt an den Schlüssel zu kommen. Ob Günther seinen Bruder belasten würde, wenn er denn etwas wusste? Oder hatte Heinrich alles alleine geplant und durchgezogen? Dann hätte er wahrscheinlich niemandem etwas erzählt.

»Ob Herr Gerbermann wohl Verdacht geschöpft hat? «, fragte Cleo ihre Oma. »Ach watt. Alles gut gegangen. Du wärs ne richtig gute Polizistin. So souverän wie du wars! Hättes mich ruhig mehr mitmischen lassen können « »Du hast ja im richtigen Moment eingegriffen. Obwohl ich fast einen Herzinfarkt gekriegt hätte, als der seinen Chef anrufen wollte. « »Selbst wenn, der kennt ja nu auch nich alle Polizisten aus Kempen. Watt hätt der dem Günni schon sagen können? « »Deine Nerven möchte ich haben «, lachte Cleo. Sie war erleichtert, dass alles gut gegangen war. Hoffentlich rief Herr Gerbermann nicht bei der Polizei in Kempen an und fragte nach ihren Namen.

Cleo setzte ihre Oma vor dem Altenheim ab und fuhr nach Hause. Sie war völlig erledigt. Als sie zur Tür hereinkam, saßen Mario und Tilo einträchtig auf der Couch, tranken ein Bier und guckten Fußball. Cleo streifte ihre Schuhe ab, ließ sich zwischen die beiden fallen und nahm Tilo das Bier aus der Hand. Sie leerte es in kürzester Zeit, woraufhin sich Tilo grinsend beschwerte. »Na, was hast du heute so veranstaltet? «, fragte Mario neugierig. Cleo erzählte die ganze Geschichte und beiden Männern stand der Mund offen. »Auf was habe ich mich mit dir eigentlich eingelassen? «, scherzte Tilo und fragte in Richtung Mario: »Gibt es auch mal normale, langweilige Tage bei dieser Frau? « »Also, wenn Cleo eins nicht ist, ist es langweilig. « Cleo und Tilo fingen gleichzeitig an zu lachen, da sie sich beide an diesen Spruch bei ihrem ersten Date erinnerten. Mario schaute sie nur fragend an.

Nachdem sie alle Informationen zusammengetragen hatten, waren sie sich einig, dass Heinrich der Hauptverdächtige war. Nur das Motiv fehlte noch. Cleo nahm sich vor, morgen Crunchy anzurufen. Vielleicht hatte der ja noch mehr über Heinrich Gerbermann herausfinden können, was ihnen weiterhalf. Bis jetzt waren das ja alles nur Vermutungen, keine Beweise. Wenn Cleo das Plastikfallbeil finden würde, hätte sie einen Beweis. Außerdem musste sie herausbekommen, wie weit die Polizei mit ihren Ermittlungen schon war. Nicht, dass sie sich plötzlich ins Gehege kamen. Cleo konnte sich vorstellen, dass Kommissarin Gruber bestimmt nicht erbaut war von ihren privaten Ermittlungen.

Nachdem Cleo wieder aussah wie Cleo, ohne Verkleidung und ohne Perücke, lag sie in Tilos Armen und sie erzählten noch leise miteinander. »Ein bisschen Sorgen mache ich mir schon. Lass doch die Polizei den Rest machen, nachher passiert dir noch was«, murmelte Tilo ihr ins Haar. »Ich passe schon auf mich auf, keine Angst. «

Kapitel 10

Als sie am nächsten Morgen am Frühstückstisch saß, rief Cleo Mira an. Sie ging fast sofort dran und Cleo hielt das Handy etwas vom Ohr weg, da Mira sofort anfing zu plappern, in einer Lautstärke, die Cleo so früh am Morgen nicht gut ertragen konnte. Da sie Cleo aber alle Ermittlungsergebnisse der Polizei verriet, hütete sie sich Mira zu unterbrechen. So erfuhr sie, dass Kommissarin Gruber in Bonn den Direktor des Museums befragt hatte und dieser daraufhin mit Polizeigefolge ins Archiv gefahren war, nur um dort festzustellen, dass das Fallbeil der Guillotine fehlte. Da keine Einbruchsspuren entdeckt wurden, ging man davon aus, dass sich der Täter mit einem Schlüssel Zugang verschafft hatte. Dass Cleo diese Infos schon hatte, durch ihren Besuch bei Günther Gerbermann, sagte sie Mira nicht. Wer sich einen Schlüssel hatte nachmachen lassen oder entwendet hatte, konnte die Polizei noch nicht ermitteln. Aber Kommissarin Gruber wollte noch eine Befragung mit dem Direktor und dem anderen Mitarbeiter, der einen Schlüssel besaß, durchführen. Oh je. Cleo biss die Zähne zusammen. Hoffentlich flogen sie nicht im Nachhinein noch auf, wenn Kommissarin Gruber mit Herrn Gerbermann sprach. Immerhin war Cleo schon einen Schritt weiter als die Polizei, den Namen Heinrich Gerbermann hatte Mira nicht erwähnt. Cleo bedankte sich für die Informationen und legte auf.

Kurz darauf rief sie Crunchy an, um zu fragen, was er über ihren Hauptverdächtigen herausgefunden hatte. Crunchy erzählte ihr, dass Heinrich Gerbermann Rentner war, obwohl er erst 59 Jahre alt war. Vorher hatte er mehr als fünfunddreißig Jahre als Hausmeister in der Kempener Burg gearbeitet. Er war bei der Stadt

Kempen angestellt und hatte die Räumlichkeiten der Burg für die VHS und das Archiv Instand gehalten. Als die Burg verkauft wurde, war sein Arbeitsplatz wegrationalisiert worden und man hatte ihm nahe gelegt in Frührente zu gehen. Ansonsten war nicht viel über ihn bekannt. Soziale Kontakte hatte er wohl nur zu seinem Bruder in Bonn, aber auch die waren eher selten. Cleo wollte sich schon verabschieden, da fiel Crunchy noch etwas ein. Er war in den Unterlagen - Cleo wollte gar nicht wissen, wie er da rangekommen war - auf eine Rechnung für eine Linkshänder-Gartenschere und einen Linkshänder-Zollstock gestoßen, die als Sonderausgaben deklariert waren. Cleo zählte eins und eins zusammen. Sie war sich sicher, dass Heinrich den Schlüssel von seinem Bruder entwendet hatte. Er hatte ihn als Linkshänder später in die falsche Jackentasche gesteckt, und Günther war von einer Schusseligkeit ausgegangen und hatte sich nichts dabei gedacht.

Nach dem Telefonat war Cleo sich sicher, dass Heinrich Gerbermann der Täter war, aber Beweise hatte sie immer noch nicht. Natürlich könnte sie der Polizei die Hinweise zukommen lassen. Dann hätte sie aber erklären müssen, woher sie die ganzen Informationen hatte. Cleo beschloss, erst einen Beweis für Heinrichs Schuld zu finden, bevor sie sich überlegte, wie sie die Details später der Polizei erklären konnte.

Sie ließ die ganze letzte Woche noch einmal Revue passieren. Alles hatte Freitagnacht angefangen, mit dem Mann, der aus der Burg geschlichen war. Hatte er nicht etwas Sperriges getragen? Cleo versuchte sich zu erinnern, wie der Schatten ausgesehen hatte und kam zu dem Schluss, dass es sein konnte, dass Heinrich das Plastikfallbeil in dieser Nacht aus der Burg herausgetragen hatte.

Aber wo war es jetzt? Hoffentlich hatte er es noch nicht verschwinden lassen. Wenn sie Glück hätte, würde sie es vielleicht bei ihm zu Hause finden. Die Adresse von Heinrich hatte Crunchy ihr gegeben. Cleo überlegte einen unauffälligen Spaziergang mit Bob an Heinrichs Haus vorbei zu machen, vielleicht hatte sie dann eine Idee, wo sie nach dem Fallbeil suchen könnte. Zur Sicherheit zog sie sich die rote Lockenperücke an, so konnte sie nicht von jedem Nachbarn direkt identifiziert werden, wenn sie sich ein bisschen umsah. Als sie kurz darauf mit Bob an Heinrichs Haus ankam, sah sie, dass ein kleiner Fußweg rechts um die Häuserreihe herumführte. Dort kam man von hinten an den Gärten der Reihenhäuser vorbei. Der Spazierweg war ziemlich zugewuchert mit Efeu. Hier konnte sie kein Nachbar entdecken, daher beschloss sie vorsichtig über die Efeuhecke in den Garten zu gucken. Cleo zog sich hoch, der Efeu hielt zum Glück ihr Gewicht, und wagte einen Blick. Sie konnte eine schmale Rasenfläche erkennen, direkt am Haus eine kleine Terrasse und ganz hinten im Garten ein etwas überdimensioniertes Gartenhäuschen mit grünem Dach. Bob jaulte und wollte weitergehen, doch Cleo zischte ihm zu, dass er ruhig sein solle. Bob setzte sich und beobachtete Cleo genau. »Du wartest! Ich bin gleich wieder da. Ich schau mich nur ein bisschen um «, flüsterte sie Bob zu und kletterte beherzt höher in die Efeuhecke, nachdem sie sich vergewissert hatte, dass niemand im Garten war. Mit einem Schnaufen plumpste Cleo auf der anderen Seite in den Garten und landete auf dem Allerwertesten. Hektisch blickte sie sich um, ob sie jemand gehört hatte, aber alles blieb ruhig. Die Rasenfläche sah aus, wie mit der Nagelschere gepflegt. Vergraben hatte Heinrich das Fallbeil hier schon mal nicht. Sie schlich zum Gartenhäuschen. Durch das seitliche Fenster konnte Cleo hineinschauen. Sie rüttelte an der Tür, doch diese war abgeschlossen, was Cleo wunderte. Im eigenen Garten, wer soll da schon in ein Gartenhäuschen einbrechen? Außer ihr - jetzt gerade. Sie musste kichern, schlug sich aber sofort die Hand vor den

Mund. Sie tastete über der Tür und fand den Schlüssel sofort. Als sie das Gartenhäuschen betrat, wusste sie, warum Heinrich es abschloss. An der hinteren Wand stand eine große Werkzeugbank, auf der alle möglichen Maschinen, Sägen und Fräsen montiert waren. In einem riesigen Regal auf der linken Seite standen weitere Werkzeuge und verschiedene Werkzeugkisten. Das musste ein Vermögen gekostet haben. Bei einer solchen Ausstattung konnte ja ein Schreinerbetrieb neidisch werden. Cleos Blick fiel auf die penibel aufgeräumte und saubere Werkbank. Dort lag eine zusammengeknüllte Wolldecke. In der sonst so ordentlichen Werkstatt fiel die achtlos hingelegte Decke sofort auf. Cleo guckte vorsichtig unter die Decke und ihr entfuhr ein Keuchen. Sie trat erschrocken einen Schritt zurück, denn in der Decke eingewickelt kam tatsächlich das Plastikfallbeil zum Vorschein. Draußen vor dem Grundstück fing Bob plötzlich an zu bellen. Cleo drehte sich um und sah nur noch eine Holzlatte auf sich zukommen. Danach wurde es dunkel.

Als sie wieder wach wurde, brummte ihr Kopf fürchterlich. Sie schlug die Augen auf und stellte fest, dass sie auf dem Boden des Gartenhäuschens lag. Die Füße und Hände waren fein säuberlich mit Paketband zusammengebunden und in ihrem Mund steckte ein eklig schmeckender öliger Lappen. Cleo versuchte, um Hilfe zu rufen, doch es kam nur ein dumpfes, leises : »Mmmmh « heraus. Ihr fiel siedend heiß ein, dass keiner wusste wo sie war, sie also auch nicht auf Hilfe zu hoffen brauchte. Sie versuchte mit den Ellbogen sich in eine aufrechte Position zu bringen, wobei ihr Blick auf die Werkzeugbank fiel. Die Wolldecke war weg und mit ihr auch das Fallbeil. So ein Mist. Heinrich war unterwegs, um die Beweise endgültig verschwinden zu lassen. Na, hoffentlich kam er nicht so schnell zurück, dachte Cleo gerade, als sie ihren Namen hörte.

»Mmmmmh mmmmh! «, versuchte sie sich bemerkbar zu machen. Sie hörte Bob bellen und wenn sie nicht alles täuschte, war das eben Marios Stimme gewesen. Erleichtert flossen ihr ein paar Tränen über die Wange. Aber die erste Person, die dann durch die Tür des Gartenhäuschens gestürmt kam, war Kommissarin Gruber, die sie strafend anblickte. Zwei weitere bewaffnete Polizisten, die sich wohl im Garten umgesehen hatten, kamen hinter der Komissarin ins Häuschen und berichteten: »Alles klar. Hier ist sonst keiner mehr. « Die Polizisten halfen Cleo hoch. Jetzt sah sie auch Mario und Bob durch den Garten auf sie zu rennen. Bob war schneller und sprang schwanzwedelnd an ihr hoch. Kaum hatte Mario sie erreicht, drückte er Cleo fast die Luft ab, bevor er bemerkte, dass sie einen Knebel im Mund hatte. Fünf Minuten später waren alle Reste des Paketklebebands entfernt und Kommissarin Gruber hatte eine Fahndung für Heinrich Gerbermann in die Wege geleitet.

»Wie hast du mich gefunden? «, fragte Cleo Mario. »Bob stand plötzlich unten vor dem Haus und hat wie verrückt gebellt. Also bin ich runter und er hat mich hierhin geführt. Naja, eigentlich hinter den Garten. Dort hat er sich hingesetzt und gewinselt. Ich wusste nicht, was ich machen soll. Leider bin ich erst ein paar Minuten später auf die Idee gekommen, auf das Klingelschild vorne am Haus zu gucken, um zu erfahren, wer hier wohnt. Sag mal, spinnst du? Dich so in Gefahr zu begeben, ohne irgendjemandem Bescheid zu sagen!? « »Entschuldige, ich weiß, das war leichtsinnig «, gab Cleo zerknirscht zu. »Ja, allerdings «, schaltete sich nun auch Kommissarin Gruber ein. »Da hätte ja wer weiß was passieren können. Seien Sie froh, dass Sie noch leben! « Cleo entschuldigte sich bei der Kommissarin. »Gut, dass ihr Mitbewohner uns direkt informiert hat. Leider ist unser Tatverdächtiger jetzt auf der Flucht. Sie haben da eine ganz schön dicke Beule an der Stirn. Lassen Sie sich im Krankenhaus untersuchen. Nicht dass Sie eine Gehirnerschütterung davongetragen haben. Ihr Mitbewohner kann Sie begleiten und Ihre Aussage nehmen wir dann Morgen auf. « Kommissarin Gruber hatte alles gesagt und nahm sofort wieder ihr Telefon zur Hand. Cleo war entlassen für heute. Mario stützte sie, obwohl es ihr schon viel besser ging. Die Beule müsste nur gekühlt werden, meinte Cleo, aber Mario ließ sich nicht umstimmen. Er brachte sie nach Hause und von dort mit dem Auto zum Arzt. Eine Gehirnerschütterung hatte sie nicht, allerdings saß ihr der Schreck noch ziemlich in den Knochen.

Nachmittags lag Cleo mit einem großen Kühlakku auf der Stirn auf der Couch, als Tilo hereingestürmt kam. »Spinnst du? Was hast du dir nur dabei gedacht? Gestern hast du mir noch versprochen, auf dich achtzugeben, und heute brichst du in fremde Gärten ein und wirst niedergeschlagen! « Oh je, das war wohl ihr erster Streit. Cleo war immer noch geschockt, wegen dem ganzen Vorfall, und jetzt war Tilo auch noch sauer auf sie. Ihr traten Tränen in die Augen. Als Tilo das sah, wurde er sofort still und schloss sie in die Arme. »Versprich mir, dass du sowas nie wieder machst! Du hast mir einen Riesenschreck eingejagt!« Cleo versprach es sofort.

Kurze Zeit später erschienen Mira und Crunchy und Cleo musste die Litanei nochmal über sich ergehen lassen. Mira berichtete, dass Heinrich Gerbermann auf der Thomasstraße geschnappt worden war, allerdings ohne das Fallbeil, und jetzt wurde er gerade von Kommissarin Gruber verhört.

Cleo überlegte, wo er das Fallbeil so schnell verstecken konnte, bevor er gefasst wurde. Mira erzählte, dass die Polizei die ganze Umgebung der Thomasstraße und der Burg abgesucht hatten, aber nicht fündig geworden waren. »Die Burg! Natürlich! «, rief Cleo überrascht aus. Warum ihr das nicht früher eingefallen war. Sie berichtete den anderen von dem Schlüssel, den Heinrich sich von seinem Bruder besorgt hatte, und vermutete, dass er auch noch einen Schlüssel von seinem früheren Arbeitsplatz unterschlagen hatte. »Dann hätte er das Fallbeil in die Burg bringen und dort verstecken können «, warf Cleo in den Raum. »Gibt es denn dort gute Verstecke? «, fragte Mira neugierig. »Da ist doch jetzt alles umgebaut. « Cleo schaute nachdenklich in die Runde. »Ich glaube, es gibt einen Geheimgang zwischen Burg und Franziskanerkloster. Mein früherer Chef aus der Buchhandlung hat da mal von erzählt. Der war ja geschichtlich immer sehr interessiert an den alten Gebäuden der Stadt Kempen. Vielleicht hat Heinrich einen Schlüssel für den Zugang zum Geheimgang im Keller der Burg. « Nachdem sie in der Runde ausgiebig diskutiert hatten, was jetzt zu tun war, rief Cleo Eric Johnson an. Er war gerade in der Burg, um nach dem Rechten zu sehen, und Cleo fragte ihn nach diesem Zugang im Keller. Johnson wusste nichts von einem Geheimgang, versprach aber nachsehen zu gehen und sich wieder zu melden. Nach zehn Minuten rief er zurück und erklärte, dass er eine Tür aus Eisenstäben gefunden hätte, die in einen Gang führe. Diese wäre allerdings abgeschlossen und keiner seiner Schlüssel hätte gepasst. Irgendjemand war aber wohl in letzter Zeit dort gewesen, denn auf einer verstaubten Kiste würde eine gar nicht verstaubte Wolldecke liegen.

Cleo versicherte Mira, diese Information spätestens morgen an Kommissarin Gruber weiterzugeben, damit die Polizei sich notfalls mit Gewalt Zutritt verschaffen konnte. Kurze Zeit später verabschiedeten sich alle, bis auf Mario und Tilo. In Cleos Kopf entwickelte sich ein Plan. Ihr war eingefallen, dass dieser Geheimgang ja zwei Ausgänge, beziehungsweise Eingänge hatte.

Den Zugang im Franziskanerkloster hatte Heinrich Gerbermann wohl nicht bedacht. Als sie vorsichtig ihre Gedanken äußerte, schauten die beiden Männer sie aufmerksam an. »Vergiss es! Du gehst nicht schon wieder alleine auf Tour «, verklickerte ihr Mario vehement und fand dabei volle Zustimmung von Tilo. »Wir können doch alle zusammen gehen. Dann können wir das Beweisstück morgen mit zur Polizei nehmen «, erwiderte Cleo forsch. »Ich will diesen Mörder dingfest machen «, fügte sie mit bittender Stimme hinzu. »Das ist meine Rache dafür, dass er mich niedergeschlagen hat. Widerwillig stimmten die beiden zu und sie machten sich zu dritt auf den Weg. Das Franziskanerkloster lag direkt rechts von ihrer Wohnung, sodass sie nach kurzer Zeit ankamen. Während Mario den Kassierer für das Museum ablenkte, schlichen Cleo und Tilo zu der Stelle, an der Cleo den Eingang vermutete. Tatsächlich fanden sie eine TÜV, die erfreulicherweise nicht verschlossen war, und betraten vorsichtig den dunklen Gang. Tilo hatte die Taschenlampe von seinem Handy eingeschaltet und ging voraus. Sie mussten über ein paar abgestellte, verstaubte Kisten steigen, aber nach ungefähr siebzig Metern sahen sie die Wolldecke auf einer Kiste liegen. Cleo überholte Tilo und schlug die Decke auf. Das Fallbeil war darin eingewickelt. Heinrich Gerbermann musste sich sehr sicher gewesen sein, dass es hier nicht gefunden wurde. Vielleicht hatte er es auch nur eilig gehabt und deswegen kein besseres Versteck gefunden. »Nicht das Fallbeil berühren, da sind bestimmt Fingerabdrücke drauf «, ermahnte Tilo sie. Vorsichtig wickelte sie die Decke wieder um das Beweisstück und nahm es mit. Als sie wieder an der Kasse ankamen, war Mario immer noch mit dem Kassierer ins Gespräch vertieft. Tilo winkte Mario einmal zu und sie liefen zurück zu Cleos und Marios Wohnung. Vorsichtig legte Cleo die Decke samt Inhalt auf den Wohnzimmertisch. Alle drei starrten ehrfürchtig auf ihren heiklen Fund. »Das ist irgendwie gruselig, dass das zu einem Mordfall gehört «, meinte Mario. »Morgen ist das Ding ja dann bei der Polizei und Mira kann an die Arbeit gehen und die Fingerabdrücke sichern «, entgegnete Cleo. »Wow. Du hast tatsächlich einen Mordfall aufgeklärt «, staunte Tilo. Hoffentlich dreht die Kommissarin dir keinen Strick daraus, wegen deinen unkonventionellen Ermittlungsmethoden«, fügte er noch besorgt hinzu.

An diesem Tag ging Cleo früh ins Bett. Der Schlag auf den Kopf hatte sie doch mitgenommen. Aber der Fall war so gut wie gelöst. Vielleicht hatte Heinrich Gerbermann ja schon gestanden. Mit diesem Gedanken schlief sie ein.

Kapitel 11

Als Cleo erwachte, fühlte sie sich, als hätte ein Laster sie überrollt. Ihr fiel der gestrige Tag wieder ein und sie drehte sich stöhnend um, da sie mit Grauen daran dachte, was sie Kommissarin Gruber alles erklären musste. Sie stand auf, lief ins Badezimmer und erschrak angesichts ihres Spiegelbildes. Auf ihrer Stirn prangte eine riesige Beule, die inzwischen blau angelaufen war. Ihr rechtes Auge war auch in Mitleidenschaft gezogen worden und war fast komplett zugeschwollen. Sie ging unter die Dusche und erschien wenig später angezogen in der Küche, wo sie von Mario und Tilo grinsend empfangen wurde. »Na, hast du den Boxkampf wenigstens gewonnen? «, witzelte Mario. »Sehr witzig, ich seh wenigstens nicht immer so bescheuert aus. Bei mir geht das wieder weg «, zahlte Cleo es ihm mit gleicher Münze heim.

Nach dem Frühstück machte Cleo sich mit dem eingewickelten Beweisstück auf den Weg zum Kommissariat. Ein freundlicher Polizist in Uniform brachte sie zum Büro von Kommissarin Gruber und klopfte an. »Herein «, hörte man von innen ihre Stimme. Der Beamte schob Cleo durch die Tür und zog sie hinter ihr wieder zu. Kommissarin Gruber schaute Cleo lächelnd an und dann fragend auf die Decke in ihren Händen. »Was haben Sie mir denn da mitgebracht? Ein Geschenk? « »So ähnlich «, erwiderte Cleo zaghaft und legte die Wolldecke auf den Schreibtisch. Die Kommissarin klappte die Decke zur Seite und schnappte erstaunt nach Luft, bevor sie sich wieder fing und Cleo fragte: »Woher haben Sie das? « Cleo erzählte von dem Geheimgang und ihrer Vermutung, dass Heinrich Gerbermann noch einen Schlüssel besaß. Cleo fragte nun im Gegenzug, ob er denn schon gestanden hätte, woraufhin Kommissarin Gruber ihr erklärte, dass sie zu laufenden Ermittlungen nichts sagen dürfe und wolle. Sie rief allerdings sofort Mira an, damit das Fallbeil in die KTU kam und auf Fingerabdrücke untersucht werden konnte. Danach stellte sie Cleo einige Fragen, die Cleo, ohne die Wahrheit zu verdrehen, beantworten konnte. Kommissarin Gruber schaute sie nachdenklich an. »Wissen Sie, was seltsam ist? Der Bruder von Heinrich Gerbermann, Günther Gerbermann, hat bei seiner Befragung angegeben, er hätte schon mit der Polizei gesprochen. Mit einer Kommissarin Dorka Eisner. Sie wissen nicht zufällig etwas davon, oder?« Cleo schluckte nervös. »Ähm, ist das nicht ihre Rechtmedizinerin? Mira hat den Namen einmal erwähnt. Macht die denn auch Befragungen?« Frau Gruber kniff die Augen zusammen. »Nein, natürlich nicht! Und Chauffeure im Rentenalter beschäftigt die Polizei auch nicht«, ergänzte sie ernst. »Ich drücke beide Augen zu. Dieses eine Mal! Aber von privaten Ermittlungen lassen Sie in Zukunft die Finger. Seien Sie froh, dass nichts Schlimmeres passiert ist.« Nachdem alle Fragen beantwortet waren und Cleo ihre Zeugenaussage unterschrieben hatte, entließ Kommissarin Gruber sie.

Na, da war sie nochmal mit einem blauen Auge davongekommen. Da es Samstag war und nur ihre Freundin Mira bis drei Uhr arbeiten musste, rief Cleo alle ihre Freunde an, um sie um sechs Uhr zu einem Burger und ein oder zwei Bierchen einzuladen. Danach rief sie Oma Ilse an und erzählte ihr, was in der Zwischenzeit alles passiert war. Oma Ilse war sehr aufgebracht und fragte immer wieder, ob es Cleo denn jetzt gut ginge. Cleo beteuerte, dass sie nur noch leichte Kopfschmerzen habe, aber sie sich so gut fühlen würde, dass sie sich heute Abend mit ihren Freunden treffen könne. Oma Ilse wollte trotz nachdrücklicher Einladung nicht mitkommen.

Nachdem Cleo dieses Telefonat, wovor sie sich am meisten gefürchtet hatte, beendet hatte, legte sie sich zwei Stunden aufs Ohr. Sie wollte sich schließlich ausgeruht mit ihren Freunden treffen.

Cleo hatte sich viel Mühe gegeben, ihre Beule und die unschöne Verfärbung weg zu schminken, aber ganz war es ihr nicht gelungen. Immerhin war die Schwellung am Auge zurück gegangen. Alle anderen waren schon da, als sie ihre Lieblingskneipe betrat. Cleo blieb in der Tür stehen und betrachtete ihren Freundeskreis, der sich dort zusammengefunden hatte. Mario saß neben Tilo und sie schienen in ein Gespräch vertieft zu sein. Neben Tilo saß Crunchy und schaute abwechselnd auf sein Handy und seine Smartwatch, während er mit der anderen Hand Erdnüsse in seinen Mund schaufelte. Mira erzählte Tattoo-Theo gerade von einem Serienkiller, der seinen Opfern eine Botschaft auf den Handrücken tätowiert hatte. Die Stimmung war ausgelassen und Cleo machte sich bemerkbar. Sie wurde mit großem Hallo begrüßt. Cleo fragte Mira, ob Heinrich Gerbermann gestanden hätte und sie berichtete über den Stand der Befragung und die Hintergründe. So erfuhren sie, dass Heinrich Gerbermann die Tat von langer Hand geplant hatte. Nach seiner unfreiwilligen Pensionierung wollte er seine Burg und seinen Arbeitsplatz zurückerobern. Als die Umfrage nicht in seinem Sinn verlaufen war, fing er an einen Plan auszuhecken. Egal, wer die Burg gekauft hätte, er wollte ein Scheitern des jeweiligen Projektes herbeiführen. Zur Not auch mit drastischen Mitteln. Dass seine Burg dann zur Exit-Burg wurde, war für Heinrich Gerbermann nicht zu akzeptieren. Er hatte sich den Plan mit der Guillotine zurechtgelegt, als er von Eric Johnsons Idee der Exit-Burg erfahren hatte, und auch die E-Mail an ihn geschrieben, der die Idee ja leider sofort aufgegriffen hatte. Gerbermann war es egal gewesen, wer geköpft wurde, Hauptsache, die Burg würde wieder seine werden. Er hatte wohl gehofft, dass es Eric Johnson oder den Bürgermeister trifft. Das Fallbeil hatte er erst in der Nacht vor der Eröffnung ausgetauscht. Cleos Vermutungen hatten sich bestätigt. Heinrich Gerbermann hatte seinem Bruder den Schlüssel während der Geburtstagsfeier entwendet und am nächsten Tag einen Nachschlüssel anfertigen lassen. So konnte er durch den Seiteneingang in das Archiv kommen und das echte Fallbeil ausbauen. Dass das Museum gerade geschlossen war, spielte ihm natürlich in die Karten, weil sein Bruder den Schlüssel nicht wie sonst, jeden Tag in Gebrauch hatte.

Als Cleo nachfragte, ob Heinrich Gerbermann sofort gestanden hätte, schnaubte Mira. »Der hat alles abgestritten und immer wieder gesagt: Das könnt ihr mir nicht anhängen, ihr habt keine Beweise. Ich hatte die Fingerabdrücke auf dem Fallbeil, das du ja zur Befragung mitgebracht hast, noch nicht abgeglichen.« Sie zwinkerte Cleo an, »aber Kommissarin Gruber hat geblufft. Sie hat ihm erzählt, dass wir das Fallbeil gefunden haben mit seinen Fingerabdrücken drauf. Daraufhin hat er sich verplappert. Er hat geschrien: Das könnt ihr nicht gefunden haben, ich bin der Einzige, der einen Schlüssel für die Tür hat! Und dann hat er mit seiner Hand in die Hosentasche gegriffen, um zu überprüfen, ob der Schlüssel noch da ist.« Mira kicherte. »Dadurch hat er sich selbst verraten. Als er seinen Fehler bemerkt hatte, war es zu spät. Und dann hat er ein vollständiges Geständnis abgelegt. Vielleicht hilft ihm das beim Strafmaß, allerdings war von Reue keine Spur zu merken «, beendete sie ihre Ausführungen.

»Na, dann kann ja jetzt wieder Ruhe einkehren «, seufzte Tilo grinsend und küsste Cleo. Alle stießen miteinander an und Cleo strahlte in die Runde.

Epilog

Einen Monat später saßen Cleo, Mario und Tilo samstags am Frühstückstisch. Tilo hielt die Zeitung in der Hand und verkündete plötzlich erstaunt: »Da steht, dass die Exit-Burg neu eröffnet wird. Das ist ja nächsten Samstag. Hier im Kempener Teil steht ein Artikel: Nach einer neuerlichen Überprüfung durch den TÜV und dem Austausch der letzten Station, wird nun die Exit- Burg in Kempen nächsten Samstag neu eröffnet. Will man den Gerüchten Glauben schenken, steht nun in der Eingangshalle als letzte Station…« Tilo stockte kurz und keuchte erschrocken auf. Mario und Cleo schauten ihn erwartungsvoll an.

»…ein elektrischer Stuhl! «

Das kleine Niederrhein-Wörterbuch

Flau fallen	halb ohnmächtig werden
Bütterken	Butterbrot
Die Kappesbauern	Denkmal in Kempen
Kappes	Kohl
Auffem	auf dem
Issen	ist ein
Wat(t), dat	was, das
Machse	machst du
Kannze	kannst du
Habbich,hasse	habe ich, hast du
Wennze	wenn du
Fucki	Spaß
Ferkelsfreud	Spaß
Kajückeln	laufen, fahren
Vertellen, verzällen	erzählen
Verklöppen	verhauen
Köppen	köpfen
Nicht zu verwechseln mit:	
Köpper	Kopfsprung

Du tuses noch gut	du bist noch fit
Palaver	Ärger
Fläzen	auf die Couch legen
Eine Mimi sein	empfindlich sein
In Essig liegen	einen Kater haben
Käffken	Kaffee
Butter bei die Fische	zum Punkt kommen
	die Wahrheit sagen
Fluppen	funktionieren

Nicht zu verwechseln mit:

Der Fluppe	die Zigarette

Niederrheiner machen nicht, die sind etwas am machen!

Ich bin am duschen, putzen, arbeiten

Danksagung

Ich möchte mich herzlich bei meiner Lektorin Nicole Schneider bedanken, die immer den Überblick behalten hat und mir viele nützliche Tipps gegeben hat.

Vielen Dank an meinen Korrekturleser Herrn Schlagkamp für alle ausgemerzten Fehler, die sich so eingeschlichen hatten.

Ein Dankeschön an Fr. Hegemann, die Chemielehrerin meiner Tochter. Sie hat, durch ihre Tipps, die Lösung im Chemie-Rätsel-Raum der Exit-Burg realistisch mitgestaltet.

Und ein dickes Dankeschön an Alle, die mit ihren lustigen Geschichten und Anekdoten, die ich verwenden durfte, das Buch bereichert haben.

Zu guter Letzt natürlich auch ein Dankeschön an alle Leser und Leserinnen, die einer noch recht unerfahrenen Schriftstellerin eine Chance geben und dieses Buch gelesen haben.